天上の音楽

木崎咲季

目次

イラスト：ザッカ
デザイン：木村デザイン・ラボ

天上の音楽

木崎咲季

春先の冷たい雨の中に、少女はひとり、佇《たたず》んでいた。
雨に濡《ぬ》れた桜の蕾《つぼみ》は春の訪れを拒むように固く閉じられ、
空はぼんやりと灰色に濁る。

いつからそうしていたのだろうか。
黒いワンピースに包まれたほっそりした肩は震え、
栗色《くりいろ》の長い髪の毛はしっとりと濡れている。
頬は雨とも、涙ともつかないものに濡れ、
憎しみとも、哀《かな》しみともつかない表情が浮かぶ。
静かに降り続ける雨に濡れたその姿は、儚《はかな》く揺らぐ一方で、
固く握りしめられた手からは、凛《りん》とした強さをのぞかせる。
この雨に終わりはあるのだろうか。

少女の肩に降り注ぐ雨に終わりは見えず、このまま雨の中に、少女は閉じ込められてしまうのではないだろうか。そう思ったとき。

ふと長い睫毛《まつげ》が震えるように瞬き、瞳が揺れ、一粒の雫《しずく》が頰を伝う。

しかし次の瞬間、それは錯覚だったと思わせるかのように、
少女は凜とした眼差《まなざ》しを取り戻し、握りしめた手を振り上げる。

だが、結局、その手はゆっくりと下ろされ、
解《ほど》けた指の隙間から、水滴と共に銀色の何かが零《こぼ》れ落ちた。

振り子のように揺れる心が垣間見《かいまみ》える。

次にその心はどちらへ振れるのか。

ぎゅっと結ばれていた唇がゆっくりと解かれ、放たれたのは固い決意。


「一生、許さないんだから」


鋭い眼差しと冷淡な声。

そして、銀色の鍵を残して、少女は去って行った。

1　前奏曲

少女の鋭い眼差しに貫かれ、はっと目を覚ました。
こんな夢を見るのは雨の日と決まっている。
耳をすますと微《かす》かに雨音が聴こえてきた。
目を閉じると瞼《まぶた》の裏に少女が浮かぶ。
冷淡な声が耳に蘇《よみがえ》る。
あれは一体どんな思いで放たれた言葉だったのだろう。
寝覚めの悪いまま体を起こし、枕元の時計を見ると家を出る時間が差し迫っていた。
「やっば……」
急いで制服に着替え、階段を駆け下りたところでふと足を止めた。
廊下の先のキッチンから漂ってくるみそ汁の匂いに少し心が和む。
この家に来てから何度もかいでいる匂いだけれど、だしのきいたみそ汁は否応なく食欲をそそる。だが食べている時間はない。新学期早々遅刻して出遅れたくはない。

挨拶は済ませてから行こうと思い、キッチンへ顔を出すと、この家の家政婦である滝《たき》さん（苗字《みようじ》が滝本《たきもと》だからだ）は洗いものの手を止め、「おはようございます」と丁寧に頭を下げた。

僕はその丁寧さに少し戸惑いつつ、挨拶を返した。

「ごめん、滝さん、遅刻しそうだから朝飯いらない」

という僕の声に別の声が重なった。

「滝さん、朝ご飯、食べたくない」

ぼそぼそと機嫌の悪そうな声は姉、天音《あまね》のものだった。起きたばかりなのか彼女の目はどんよりと淀《よど》んでいる。

滝さんは「あらまぁ、どうしましょう」と言いたげな顔をして、僕と天音の顔を交互に見た。

この家で朝食を食べるのは僕と天音だけだ。その二人が食べない発言をしてしまったのだから作り手としては不満だろうし、困るのだろう。そこへ天の声というべき声が降ってきた。

「天音さん、ダメですよ。ちゃんと朝ご飯は食べないと。滝さんを困らせないでください」

後ろに立つ長身の青年、三上《みかみ》さんが諭すように言うと、天音は渋々というような表情をしてキッチンから顔を引っ込めた。三上さんは天音のマネージャー兼保護者のような人で、彼の言うことにはあまり逆らわないのだ。

「じゃあ、俺、急いでるんで」

行こうとすると、「上総《かずさ》さん」と穏やかな声で三上さんに呼ばれた。

「よろしければ車で学校までお送り致しますよ。朝ご飯、ゆっくり召し上がっていかれたらどうですか？」

淀みない言葉と完璧な微笑を向けられ、頷《うなず》くしかなかった。

僕は朝食をゆっくり食べ、もちろんみそ汁も堪能し、家を出ることになった。

車の後部座席に乗り込むと、先に乗っていた天音はさっと奥の扉の方に身を寄せた。そして端整な顔が歪《ゆが》むほど眉を寄せ、僕を睨《にら》みつける。まるで警戒心をむき出しにして逆毛を立てた猫のようだ。手を伸ばせばきっと引っ掻《か》かれる。

僕は無言の圧力を感じ、反対側の扉に身を寄せた。

三月も終わりを迎えようとしていたころのこと。

春先の細かな冷たい雨の降る夜だった。

品のいい、おしゃれなレストランの個室で、僕は十三年ぶりに父と姉との再会を果たした。

僕が三歳のころに両親は離婚し、僕は母親に引き取られ、一つ年上の姉、天音は父親に引き取られた。それ以後、僕は父や姉と会うことはなかった。母も父や姉のことをあまり語らなかったので、父の人となりだとか、どんな仕事をしているだとか、そういったことを一切、知らずに育った。

そんな状況でいきなり十三年ぶりの再会だった。

おぼろげな記憶の中にしかいない父と目の前にいる仕立てのいい高級感溢《あふ》れるスーツを着こなし、どこか冷たく、人を寄せ付けないような雰囲気を持った中年紳士とを結びつけることはできなかった。

父にかわいがられた記憶だとか、思い出だとかがあれば少しぐらい感慨はあったのかもしれないが、そういったものはまったくなく、僕はただ困惑するばかりだった。

父親という存在は、僕の中ではすでにいないものとして処理されていた。再会することなどないと思っていた。それがどうして一緒に食事をするような状況が、そしてこの先一緒に暮らしていくという状況が生まれてしまったのか、ということを繰り返し考えていた。

三年前、母が亡くなった。肺炎をこじらせて。

それから僕は近所に住んでいた母の弟である叔父《おじ》のもとへ身を寄せることになった。頼れる大人は祖父母か叔父以外にはなく、祖父母の暮らす街は遠く離れていたため、結果、近所で暮らしていた叔父を頼ることになった。

三年前の時点では父に頼るという選択肢はなかった。

葬式にさえ、顔を見せなかったのだ。父も、姉も。完全に他人なのだと思っていた。

それに対して不平を言うつもりはない。ただ今になってどうして僕を引き取る気になったのか、それが疑問だった。訊《き》けばいいのかもしれない。それを訊く権利が僕にはあるはずだし、説明する責任が父にはあるはずだ。そう思って何度か顔を上げ、父を見た。けれど、僕の視線を父がまったく受け止めようとしないのを知り、問いかけることをやめた。

誰も言葉を発しない、目を合わせようとしない。

フォークやナイフが皿とこすれる音だけが大きく響いていた。

運ばれてくる料理を味もよくわからないまま呑《の》み込んで、とにかくこの気詰まりな食事会が早く終わることを願っていた。

姉の天音は食事にほとんど手をつけず、デザートだけを綺麗《きれい》に平らげて、満足そうに表情を緩めた。そこで少し親近感が湧いたものの、最初に一度目を合わせたきり、僕のことなどまるでいないように振る舞う人をどうも好きになれそうにないと思った。

父の決めたことに敢《あ》えて反対はしなかったが、賛成もしていない。そんな思いが全身から発せられていた。

その姉が僕に向かって口を利いたのは、気詰まりな会食が終わり、店を出たときだった。

「天音。それ以外の呼び方はしないで。あなたのこと弟なんて思ってないから」

姉はものすごく不機嫌であることを隠そうともせず、不躾《ぶしつけ》に僕を見ていた。

当然だ。十三年間、離れて暮らしていたのだ。僕だって同じ気持ちだった。肉親という気も、もちろん姉という気もしなかった。

その日、僕たちはただ他人であることを確認し合った。

車は滑らかに発進し、閑静な住宅街を進む。

通りに並ぶ家々はどれも大きくて、豪奢《ごうしゃ》なものばかり。土地も家も一般人では到底、手の出せる金額ではないということは誰の目にも明らかだ。

そんな都心の高級住宅地の一画に僕の暮らす森川《もりかわ》家はある。

近隣の家々も十分な広さと豪華さを持ち、圧倒されるほどだが、森川家はそれを越える。

父は全国にいくつか支店を持つ音楽教室の経営者で、音楽評論家としての顔も持ち、クラシック音楽界では名の知れた人物なのだそうだ。音楽教室の経営がどんなものかは知らないが、高級住宅地の中でも驚く広さの家を構えることができるのだから、羽振りのよさは簡単に見て取れる。

白い壁の近代的な造りの家は二棟あり、一般的な一戸建ての三軒分の広さはあろうかというもので、それを囲む庭ももちろん広い。

かつてこの家に暮らしていたはずなのに、こんな大きな家だったという記憶はまったくなかった。たぶんそれはあまりに大きくて、幼い子供ではその全貌を捉えることができなかったからなのだろう。

そんな広すぎる家で暮らすようになって二週間が過ぎた。

父と姉と弟、家族としての再スタートということになるのだろうけれど、当然、十三年の隔たりが簡単に埋まるわけはない。父の態度はよそよそしく、姉の態度は敵意に満ちている。

僕もあの家の住人という実感はなく、騒音も揺れも少ない快適な乗り心地の車も僕には不相応にしか思えない。そして、父も姉も未《いま》だ他人にしか思えない。

♪

教室の扉を開けて溢れ出てきた声にほっとして、肩の力が抜けた。

高校二年に進級し、クラス替えのため、顔ぶれは変わっているけれど、それでも何人か知った顔があった。「秋月《あきづき》」と苗字を呼ばれて、妙にくすぐったい気持ちになった。

父のもとで暮らすことにはなったが、他のことは何も変わっていない。戸籍のことだとか、そういったことがどうなっているのかはわからないけれど、学校では今まで通り「秋月」の姓を名乗っていいと言われている。

急に「森川」姓を名乗れと言われても無理だし、周囲の人だって僕に気を遣うだろう。そういうことに配慮したのかどうかはわからないけれど、とにかく変わらない日常が愛《いと》しく思えた。

「それでどうなの？　十三年ぶりの父親との暮らしは」

昼休み。すっかり自室と化している天文部の部室でお茶を入れながら、友人の安斎《あんざい》智成《ともなり》が訊いてきた。

敢えて話さなければ知られることはない事実を唯一、安斎には打ち明けていた。中学からの腐れ縁の友人には自分でも不思議なほど心を許している気がする。それは安斎の人柄によるのだろう。

眼鏡《めがね》をかけ、真面目《まじめ》な優等生然としている友人は、実際に成績優秀で、クラス委員も務める優等生だ。達観しているというのか、とにかく同じ歳《とし》とは思えないほど物腰は柔らかで、落ち着いている。そして周囲からの信頼は厚く、よく相談を持ちかけられている。本人曰《いわ》く適当に相槌《あいづち》を打っているだけだというのだが、相談した側からすると真摯《しんし》に自分の話に耳を傾けてくれたというように映るらしい。つまり聞き上手なのだ。そして口が堅い。

「よくわかんない。あんまり顔合わせないし、話もしないから」

父はとにかくいつも忙しく立ち回っている。車が出入りする様子はあるので、家にいることもあるのだろうけれど、ほとんどその気配が感じられない。時折、廊下ですれ違ってぎこちなく挨拶をするが、その変わらない表情から何かしら感情だとか、人となりだとかを読み解くことはできない。つまり、そういう人なのだろう。

「父親ってそんなもんだよ。俺だって顔合わせても話すことないし」

安斎は素っ気なく言うと苦笑した。

「で、お姉さんは？　どんな感じ？」

その問いかけに思わず盛大にため息をついてしまった。食事時には必ず顔を合わせる分、こっちの方が問題だ。

「無視、無言、無表情」

天音は終始それを貫いている。少しでも僕が何かを言おうとすると、手負いの猫のような鋭い目を向けてくる。

「おまえ、嫌われるようなことしたんじゃないの？　昔」

「そりゃ、ケンカぐらいはしたことあるかもしんないけど」

かつてあの家で暮らしていたころのことは記憶に薄いけれど、子供同士の小競り合いぐらいのことは当然あったのだろう。だが今の今まで根に持つほどのことを三歳の子供がするだろうか。

「おまえが覚えてないだけだよ。やられた方は忘れないんだよな、そういうことって」

「でも子供のころのことなんだから」

たとえ過去に自分が天音に嫌われるようなことをしていたとしても、いい加減、忘れてもいいころだ。

「子供のころのことだからこそ許せないんだろ。おまえが覚えてないから尚更《なおさら》だよな」

「だからって根に持ち過ぎじゃね？」

安斎の言うことも一理あるとは思うけれど。

「わたしのプリン食べたでしょう。で、一ヶ月、文句言い続けられる生き物だよ、女は」

安斎は口の端を上げて歪んだ笑みを浮かべる。達観した印象のある安斎のそれは、二人の姉に虐げられたことで得たものかもしれないと思うと少し気の毒になった。

「食い物の恨みは怖いな。でも一ヶ月だろ。こっちは十三年だから。さすがに食い物の恨みではないだろ」

それで恨まれても困るし。

天音のあの態度の理由はなんとなくわかっている。単純に彼女は僕が気に入らないのだ。僕と一緒に暮らしたくないのだ。あの家で僕は侵入者なわけだから、彼女が不快に思うのも無理はない。

僕だって自ら進んで一緒に暮らすようになったわけではないし、今更、家族面をして妙に親しげにされるのも嫌だ。彼女とは気も合いそうにないし、好きになれそうにもない。僕を露骨に避ける相手と敢えて親しくなろうとは思わない。

だからといってあの態度がずっと続くというのも考えものだ。仮にも一緒に暮らしているのだから、せめて互いに不愉快にならない程度の態度で接して欲しい。あからさまに嫌悪や敵意を向けられると、こっちまでぎすぎすした気持ちになってしまう。

「顎《あご》で使われないだけましだと思え」

やけに実感のこもった安斎の言葉に何も返せない。

そうだよな。どんな家族でも仲が悪ければ無視されるぐらいのことはあるのだろうし、顎で使われないだけましだと思うことにしよう。

「大体、一緒に暮らすようになって二週間だろ。そんなすぐには慣れないだろ。おまえだって」

「まぁ、そうなんだけど」

僕自身、あの家での生活には慣れていない。だから余計に天音の態度が気になってしまうのだろうか。もう少しすれば気にならなくなる。といいのだが。

「でも、よかったじゃないか」

「え？　何が？」

「その弁当、うまそう」

安斎が言う滝さん手製の弁当は確かにうまかった。

♪

廊下を歩いていてふと足が止まった。
放課後になり、勉強から解放されたというのに、なんだろう、この重苦しい感じは。あの家にいるとどうも肩がこる。あの家に帰るのだと思うと気が滅入《めい》る。部活にでも入ろうかな。廊下の掲示板に張り出された部員募集の張り紙を眺めながら、ふと思った。そうすれば家に帰る時間を先延ばしにできる。だが、あまり気乗りがしない。
小学生のころから、クラブ活動というものに参加したことがない。周りの友人たちの多くは野球やサッカーといったスポーツの少年クラブチームに所属していた。週に何度か練習があって、土日は試合があって、それぞれ多忙な日々を送っているようだった。中学に入るとそれは学校の部活動に変わり、練習は土日も含めて、ほぼ毎日になった。大変だ、嫌だ、遊びたいと言いながらも競技にのめり込んでいく友人たちを僕はただ遠くから眺めていた。

中学ではほとんどの生徒が何かしら部活に所属していたので、担任の先生は何度か入るように勧めてきた。けれど僕が返答を濁し続けていると、母子家庭だという事情を考慮したのか、いつの間にか勧めてこなくなった。

部活に入れば、それまで掃除や洗濯といった家事に費やしていた時間はきっと部活動の時間に取って代わったのだろう。そうなれば母の負担が大きくなると考えなかったわけではないけれど、主たる理由ではなかった。ことはもっと単純で、興味を抱けるものがなかったのだ。

運動は苦手ではないけれど、得意でもないから運動部は却下だ。絵を描くのは苦手だから美術部は論外。音楽も素養がないので、合唱部や吹奏楽部も無理だ。囲碁も将棋も遊びでやる分にはいいけれど、真剣勝負は避けたい。正体不明の愛好会は気になるけれど、入ったら抜け出せなくなりそうなのでやめておく。と考えていくと結局、入ろうという気が起きない。

「どうしたの？　真剣に張り紙なんか見て」

怪訝《けげん》そうな声に振り返ると、同じクラスの吉原《よしはら》さつきが立っていた。安斎と同じく中学が一緒で、家が近所だったこともあり、女子の中では一番、親しくしている子だ。

「いや、なんとなく。結構、変な愛好会あるんだなと思って」

吉原は僕が見ていた張り紙を見て笑う。

ＵＦＯ愛好会。活動場所は屋上、活動内容はＵＦＯとの交信と研究。

怪しい。怪しすぎる。

「今日もレッスン？」

愚問だなと思いつつも、彼女の手にしているヴァイオリンケースに視線を落とした。顎のラインで切りそろえられたストレートの黒髪とヴァイオリンを持ち歩いているところは中学のころから変わらない。小学生のころから習っているというヴァイオリンは、今でも週に四日、教室に通っているらしい。

習いごとか。名案だと思ったのは束の間《つかま》だった。部活なら父の承諾を得る必要はないだろうが、習いごととなれば金銭的なこともあるし、父に話を通さなければならないだろう。反対されることはないだろうが、そこまでして習いたいものはない。

「うん。秋月はもう帰るの？」

「そのつもりだけど」

腕時計に目を落とした。夕刻というにはまだ早い時間だ。

「じゃあ、駅まで一緒に行っていい？」

彼女の提案を断る理由はなく、僕は頷いた。

並んで歩き出すと、吉原は何か言いにくそうに唇を動かし、何度目かでようやく言葉を紡いだ。

「引っ越したんだってね」

「え？　誰に訊いたの？」

引っ越したことは安斎にしか話していない。たとえ吉原にでも、安斎が僕の許可なく話すとは思えないのだが。

「きみの叔父さん。っていうか、うち近所じゃない。うわさになってたんだよね。実は。横付けされる高級車」

やっぱり。叔父と共に住んでいた付近は古くからある住宅地で、長年その地に住んでいる一家が多く、近所付き合いも密接だった。叔父と住んでいた古いマンションも例外ではなく、うわさは筒抜けだった。

「本当は話してくれるまで待とうと思ったんだけど。やっぱり気になって……」

「ごめん。落ち着いたら話そうと思ってた。急に決まってばたばたしてたから」

吉原は母がピアノの講師をしていた音楽教室の生徒だった。僕が吉原を知ったのは中学に入ってからだったが、吉原の方はピアノの先生の息子として僕を知っていた。同級生になる息子について、母がどう吉原に話していたのかは知らないけれど「仲良くしてあげてね」とは言っていたらしい。

吉原は母とも面識があり、僕の家の事情もだいたい知っている。母が亡くなって、叔父と二人で暮らすようになってからは、ご近所さんのよしみで、たくさん作ったからと夕飯のおかずをお裾分けしてくれるなど、親子共々何かと気にかけてくれた。お世話になったのだから、挨拶ぐらいすべきなのだろうとは思った。けれど、なんと言えばいいのかわからず、結局、急に決まったことを理由に避けていた。

「そっか。仕方ないね。でも驚いたな。秋月のお父さんが『森川一馬《かずま》』だなんて」

すっと他人の口から自分の父親の名前が出てくるということに決まりの悪さを覚えた。だから吉原に話すことを避けていたのかもしれない。

「やっぱり有名なの？　そっちの世界じゃ」

間抜けな質問だなと思いながら訊いた。

吉原は一瞬、僕の質問に驚いたような表情を見せたが、僕にクラシック音楽の素養がないことを思い出し、納得したようだった。

母はピアノの先生で、元ピアニストだ。僕が物心ついたころには、プロとしての演奏活動は辞めていたが、児童養護施設や老人ホームなどで演奏会を開催するボランティア活動に参加し、時折、舞台に立っていた。

けれど、僕自身はピアノやクラシック音楽とまったく縁がない。ピアノは弾けないし、クラシックはスタンダードな楽曲でも知らない。もちろん森川一馬という音楽評論家のことも知らなかった。クラシック音楽の世界では名の知れた人物だと言われてもぴんとこなかったのだが、その世界では知らないことの方が驚きらしい。

「知らなかったの？　お父さんのこと」

吉原は少し遠慮がちに質問してきた。

「うん。全然。父親のことは何も話さなかったから」

「そっか。叔父さんからも聞いたことないの？」

知りたいと思わなかったの？　と吉原の目は問いかけていた。

まったく思わなかったわけではないが、母も語らないことを叔父には訊けない気がしたし、叔父の方も母が語らないことを話せなかったのだろう。

「もしかして、天音のことも知ってるの？　森川天音」

天音は父の指導を受け、ピアニストを目指しているらしい。

「うん。一つ上だから、お姉さんなんだよね。結構、有名だよ。森川一馬の娘ってことで注目されてるところもあるけど。コンクールで優勝したりして、実力もあるし」

僕からするとなんだか妙にぎすぎすした同居人という認識しかないのだが、実は。

「すごいんだ」

「うん、すごいよ」

家の規模を見るからに一般人の尺度では計れない人たちだとはわかっていたけれど、面識のない人にまで名前を知られているほど有名だとは思っていなかった。

「音楽教室のこととかは聞いてるんだよね？」

「一応は。倍率すごいんだろ、入学試験の」

音楽評論家としてだけではなく、一流の指導者としても名高い森川一馬の主催する音楽教室はプロへの登竜門とされ、国内外で活躍する演奏家を多数輩出していることで有名らしい。毎年春に行われる入学試験には、演奏家を目指す小中学生が殺到し、名門とされる音高、音大の入試よりも狭き門だと言われているそうだ。ということを話してくれたのは三上さんで、多少、誇張が含まれているのではないかと疑っていたのだが、どうも吉原の反応を見る限り、ほとんど事実らしい。

父親の名前など敢えて口にする場面はそうないだろうし、父と共に社交の場に出ることはまずないだろうから、僕が森川一馬の息子だと知られる機会はほとんどないといっていい。けれど、もし知られてしまったら気まずいに尽きる。

ますます、あの家に帰りにくくなったな。

「ねぇ、上手《うま》くいってないの?」

吉原が心配そうな顔で、僕を見上げている。

「え、あ、いや。まだ慣れなくて」

「そうだよね。そんなすぐには、ね」

僕は吉原の言葉に曖昧に頷く。

すぐには無理だけれど、いつかは慣れることができるのだろうか。あの生活に。あの家に。

「何か困ったこととか、愚痴とかあったら言ってよ。話ぐらい聞くから」

僕を励ますように、いつになく明るい声で吉原が言う。

こんなに気遣われるほど、憂鬱な顔をしているのだろうか。ため息が漏れそうになったが、なんとか押し止めた。これ以上、吉原に気を遣われるのも心苦しい。

「そういえば、うちのクラスの……」

僕は努めて明るく話題を変えた。

♪


家に帰ると、滝さんの手厚い出迎えを受けた。

「お帰りなさいませ」

滝さんは背筋を伸ばし、ぴんと肘を張り、両手をお腹《なか》の辺りで重ね合わせ、丁寧に頭を下げる。雇い主の息子とはいえ、ここまで丁重に扱う必要があるのかと思うほどだ。普段は気安く言葉を交わし、世話好きのおばさんという印象なのに、この他人行儀な態度には戸惑ってしまう。

お見送りだとか、お出迎えだとか、そんな堅苦しいことはいらないと言ったのだ。だが滝さんは頑として首を縦に振らなかった。私の勤めですから。と言われてしまい、何も言い返せなかった。

森川家の家事全般を任されている勤続十八年のベテラン家政婦の滝さんは丸顔で、ふくよかな、人柄の良さが全身から滲《にじ》み出ているような人だ。おそらく森川家のことを誰よりも知り尽くしている人物だろう。

引っ越した初日は手厚い歓迎を受けた。長らく会っていなかった親戚のおばさんの家へ行ったときがこんな感じなのかな、と思うような。

食卓に並んだ皿には鶏《とり》の唐揚げや海老《えび》フライ、てんぷら、ちらし寿司《ずし》などメインディッシュが勢揃《せいぞろ》いしていた。僕の好物が何かわからなかったから、男の子が喜びそうなものを思いつくだけ作ったのだと朗らかに笑った。今日は特に張り切ったのだと言われてしまったら、食べるしかなかった。後でこっそり三上さんに救急箱の在《あ》り処《か》を訊いて、胃薬を頂戴したということは極秘事項だ。

そんな滝さんは、当然なのだろうが、仕事に忠実で手を抜かない。手伝おうとすると必ず断られる。滝さんの仕事ぶりは僕が手伝うまでもなく素晴らしいものだ。誰かの手を借りると効率が悪くなることもあるのだろうし、もちろん仕事人としてのプライドもあるのだろう。

だが滝さんが僕の手を借りようとしない一番の理由は、僕がこの家の住人だからだ。現に住人ではない三上さんには時々、買い物を頼んだり、重い荷物を運んでもらったりしている。

滝さんにとって僕はこの家の住人で、丁重に扱うべき相手なのだ。いくら親しくなっても、一線を画すべきところは画さなくてはならないと思っているのだろう。けれど僕自身はこの家の住人という意識はなく、間借りさせてもらっているという感じしかない。だから丁重に扱われてしまうと、居心地が悪くて仕方がない。むしろ、あれこれと仕事を言いつけられた方が気楽なのだが。

玄関先に用意された履き心地のいいスリッパを足にかけ、綺麗に磨かれた廊下を進む。その途中、別棟に続く渡り廊下の前で足を止めた。

音楽家の家というから、そこかしこに音楽関連のものが置いてあるのだろうと思っていた。けれど外観と同じく白を基調とした内装のいたってシンプルな家の中には、リビングにアップライトのピアノがあるだけで、他に音源となるようなものはなく、音楽家の家という感じがあまりしないと初めは思った。しかしそれは僕の尺度で考えた音楽家であり、森川一馬という音楽家に当てはまるものではなかった。

この家の音源は二棟あるうちの一棟に集約されているのだ。廊下の先の扉の向こうは練習室と音楽スタジオになっている。もちろん完全防音で、音が漏れ聴こえてくることはない。僕とは無縁の世界。もはや贅沢《ぜいたく》を通り越して、別次元と思うしかないレベルだ。

自分のこれまでの生活と比べること自体、無意味なのだろうけれど、庭はもちろん、駐車場もない古いマンションに住み、貧しくはないけれど、慎《つつ》ましやかな生活を送ってきた僕からすると、ここは遠い別世界のようにしか思えない。テレビの中に見る芸能人の家のようで、暮らしていても現実味がない。

けれど、父と天音にとってはこれが当たり前の世界なのだ。庭の広い大きな家に住み、高価な車を何台も所有し、清潔で、高級感に溢れたものに囲まれて過ごす日々。何一つ、不足はないのだろう。

不足のない満ち足りた生活。それが僕の不安をかき立てる。

本当にいいのだろうか。僕はここで暮らしていけるのだろうか。やはり間違った選択をしてしまったのではないだろうか、と。

父の申し出を受けるかどうか悩んでいた僕に、叔父は好きなようにしたらいいと言ってくれた。今更、他人同然の父や姉と暮らすよりは、幼いころから知っていて、気心の知れた叔父との暮らしの方が気楽だったし、安心感はあった。悩むまでもなく叔父と暮らす方がいいに決まっているとは思った。けれど、僕は迷った末に父や姉と暮らすことを選んだ。

叔父にはずっと迷惑をかけてしまっているという思いがあった。

母が亡くなった当時、叔父には恋人がいた。二人が将来を誓い合うような関係だったのかはわからないけれど、叔父も彼女もそれなりの年齢で、結婚という将来が二人の頭の中になかったとは思えない。だが僕を引き取ることになって、叔父はその人と別れてしまった。叔父にも、その恋人にも申し訳ないと思ったが、結局、僕は叔父に甘えた。

叔父は恋人と別れたことについて落ち込んでいるようでもなく、恨み言を言うわけでもなく、僕を快く受け入れてくれた。おまえが気にすることじゃない。と叔父は笑っていたけれど、罪悪感は拭えなかった。背負わなくてもいいはずの重荷を背負わせて、結果、叔父が築いてきた人間関係を壊してしまったのだ。

叔父は優しい。だからこそ、これ以上、甘えてはいけないような気がした。

父の申し出に戸惑いはしたが、叔父のもとを離れるいい機会だと思った。だから申し出を受けた。けれど今になってそれがいかに軽率なことであったかに気づいた。父のことをろくに知ろうともせず、ただ住まいが変わるぐらいだと楽観していた。そう思わなければ踏み切れなかったということもあるけれど、それにしたって考えが甘すぎた。

父や姉との隔たりは年月ばかりではない。

生活環境がまるで違う。価値観も、何もかも。僕の想像の遥か上を行く。

叔父は僕を送り出すとき、嫌になったらいつでも戻ってこいと言ってくれた。だがことはそれほど単純なものではないのだろう。僕を引き取るにあたっていろいろと煩雑な手続きがあったはずで、簡単に済むことではなかったはずだ。

嫌になったからといって、元の生活にすぐに戻れるわけではない。決して自分だけの問題ではないのだ。それにこの家に来ることは自分自身で決めたことなのだ。

「あ……」

思わず声が漏れた。向こうの棟の扉が開き、天音が姿を見せたのだ。

僕を見ると天音は唇を歪め、そのまま取って返した。

僕を拒むように閉ざされた扉。

不可侵の領域。

その向こうにある世界を思う。

音楽家の父と姉。彼らのいる世界は、僕には知りようもない世界だ。

わかっていたことなのに、何故《なぜ》か胸が疼《うず》いた。


♪

放課後、僕は安斎のいる天文部の部室に居座り、辺りに置いてあった天文関連の本をめくっていた。易しい入門書なので僕にもわかりやすい言葉で解説されている。一方、安斎はタイトルからして小難しい専門書をめくっていた。

「そういえば、安斎ってなんで天体に興味持ったの？」

知り合った中学生のころから、安斎の趣味は天体観測だった。その趣味が高じて大学は天文学や宇宙工学といった分野の学部に進学するつもりらしく、小難しい専門書にまで手を出している。僕も何度か観測に付き合っているうちに多少、知識も増え、楽しくなってきたが、安斎のように夢中にはなれなかった。

「聞きたい？」

「いや、長くなりそうだからいい」

聞き上手な友人は普段、聞き手に回ることが多いせいなのか、話し出すと止まらなくなる。特に自分の好きな分野に関しては長い上に内容が濃い。本来なら聞いてあげるべきなのだろうが、専門的なことを聞かされてもわからないので困る。安斎は聞かされても困ることをいつも我慢強く聞いているのだろうと思うと、頭が下がる思いではあるのだが。

「話ふっといて拒否するなよ。友達がいのない奴だな」

「じゃあ、手短に」

「手短には無理だ。いいよ。おまえには何を言っても天体の素晴らしさはわからないんだろうから」

「わかるよ。少しなら」

安斎の言う素晴らしさとは違う気はするけれど、光の粒を見上げて感嘆する程度にはわかる。ただそこで止まってしまう。興味が先へ進まない。

「天体観測の他に何か趣味ある？」

「なんだよ、急に。趣味って」

「何か趣味でも始めようかと思ってるんだけど」

「趣味？　なんで？」

「家に帰ってやることないんだよな」

「それ定年後のオヤジな発言だよな」

「う……だってさ、家に帰ってやってたことを滝さんが全部やってくれるんだよ」

家に帰ると手厚い出迎えを受け、夕食までには時間があるからとお茶とお菓子を振る舞われる。至れり尽くせり。掃除も洗濯も、料理も食器洗いも、すべて滝さんがやってくれるので何もする必要がないのだ。

「まぁ、前がかなり所帯染みてたからな」

家事の諸々《もろもろ》を手伝うように言われたわけではなかったけれど、基本的にいつも学校が終わるとすぐに家に帰り、洗い物や洗濯といったことをやっていた。小さなころはちょっとしたお小遣い稼ぎでもあったので、そんな打算もありつつ、結構、楽しんでやっていた。それをやらなくていいとなると、その余った時間をどう過ごせばいいのかわからない。

天文部の部室でだらだらして帰るのが常になってきたけれど、安斎が塾の日は居座れない。いっそ部員になればいいだろうと言われるが、今更という気もしてしまう。他の友人と遊ぶにしても遊び方を知らないので、なんだかなぁという気分になる。

確かに相当、所帯染みてるな。本当に高校生か自分。思わず自分自身に突っ込んでしまう。

「有名大学目指して勉強すれば？　将来は音楽教室の経営者だろ」

「ならないよ」

「でも周りはそうは思わないんじゃないの？」

「まさか。継ぐとかそういう仕事じゃないだろ。音楽とかピアノ、全然、興味ないし」

思いの外、語調が強くなってはっとした。

音楽にもピアノにも罪はない。けれどそれらはどこか僕をささくれ立った気持ちにする。

「ふーん。ま、おまえがアイドルオタクになったとしても、俺は温かく見守ることにするよ」

安斎は眼鏡の奥の目を細めて笑った。

アイドルオタクを否定する気はないが、そうなった自分は見たくないと思った。

どうも趣味を見つける道のりは遠いようだ。


♪


制服を着替え、リビングへ向かう途中、私服姿の天音と鉢合わせした。

僕は反射的に「ただいま」と言ってしまっていた。声をかければ睨まれることがわかっているのに。「ただいま」「お帰りなさい」の身に付いた習慣を変えることは難しい。

天音は僕に気づかないのか無反応だった。

練習室へ向かうところだったのだろう。左手で楽譜を面前に掲げた状態で固まっている。どうやら辿《たど》り着く前に頭の中でレッスンが始まってしまったようだ。右手が鍵盤を弾くように動き、微かにハミングする声が聴こえてきたが、それは僕の知らない旋律だった。

　天音が無視をするのだから、こっちも無視をしてしまえばいいと思うのだが、どうもそれができないでいる。彼女の生活に割り込んだという引け目があるからなのかどうか。自分でもよくわからない。この家に来てからずっといろいろな疑問が付いて回り、胸がいつもざわざわしていて落ち着かない。

　僕はそれを振り切るように頭を振り、リビングへ向かった。

　扉を開けて中に入ると、滝さんがタイミングよくお茶の用意を持ってやって来た。果実がたっぷりのったタルトと香り立つコーヒー。午後のお茶会に用意される菓子はいつも天音好みのものだ。こってりと甘く、かつ、おいしいもの。甘いものは嫌いではないけれど、こう毎日、甘いものが続くと少しげんなりしてしまう。ポテトチップスなんかのスナック菓子の味が恋しくなる。という本音は言えず、また甘いケーキを口に運ぶ。悔しいことに、文句なしにおいしい。

　多少、腑《ふ》に落ちない気分でケーキに舌鼓を打っていると、

「天音さんはいらっしゃいますか？」

と三上さんが姿を見せた。

彼はソファに僕の姿を認めると頭を下げ、挨拶をしたが、同時に天音の姿が見当たらないことに首をひねった。

「あの、すぐそこの廊下にいましたよ。まだいるかはわかんないですけど」

天音がいたのはリビングを出て、ほんの数メートルのところだ。三上さんがリビングへ来る間、彼女に会わなかったことに改めてこの家の広さを実感した。

三上さんは礼を言うと、二つある扉のうち、自分が入って来た方ではない扉から出て行った。そして、天音の姿を確認したらしく、すぐに戻って来た。

「まだ、いました？」

「はい。いらっしゃいました」

「あれ、放っといて大丈夫なんですか？」

「ええ。よくあることなので。家の廊下でしたら危険なことはありませんし」

三上さんは苦笑交じりに言った。

どうやら天音があの状態に陥るのは珍しいことではないらしい。イメージトレーニングのようなものなのだろう。そういえば、たまに食事中も箸を持ったまま、固まっていることがあった。唇は微かに何かを口ずさむように動き、目は伏せられ、時折、目の前にはないものを追って動いた。

母もよく何かを口ずさんでいた。ピアノを前にしていないときでも、母の頭の中ではピアノが奏でられているようだった。そんなとき、話しかけても返事はなかった。何分、ときには何十分、母の頭の中で、ピアノが鳴り止《や》むのを待たなければならなかった。

天音も同じなのだろうか。彼女の頭の中にはいつもピアノが鳴り響いていて、楽譜を追っているのだろうか。

「三上さんもいらしたんですか。コーヒー飲まれます？」

リビングにやって来た滝さんに言われ、三上さんは少し遠慮がちに僕を見た。どうやら三上さんにとっても僕はこの家の住人で、敬うべき相手らしい。

「三上さん、俺のことなら、全然、気遣わなくていいですから」

「ではお言葉に甘えて。ご一緒させてください」

三上さんはソファに深く腰を下ろした。天音があの状態では動きようがないのだろう。いつもより少しくつろいだような様子で、滝さんが運んで来たコーヒーを口にすると、ほっとしたように表情を緩めた。束の間の休息といった感じだ。

三上さんは父の会社の社員で、天音のマネージャーを任されている。

父の愛弟子《まなでし》である天音は将来有望なピアニストの卵として期待されているらしい。

そんな彼女の生活はピアノ中心に回り、結構、忙しいようなのだ。自宅の練習室で父から指導を受けるだけでなく、他の先生のところへ出向き指導を受けることもあるという。

　そういったピアノのレッスンやその他のスケジュール管理をし、送迎するのがマネージャーである三上さんの主な仕事だ。もっとも他にも僕と父との連絡係に任命されるなど、森川家に関わるいろいろな雑務を押し付けられているようなのだが。

　年齢は二十代後半から三十代前半といったところだろう。品のいい端整な顔立ちで、細身のシルエットのスーツを隙なく着こなし、身のこなしはスマート、口調は丁寧かつ上品で、性格は穏やかで、優しく、仕事はそつなくこなす。はっきり言って嫌味なほど完璧な人であるにも拘《かかわ》らず、それが少しも嫌味には見えないという特異な人だ。

「あの、天音って、いつもあんな感じなんですか？　なんか素っ気ないっていうか、あんまり話したり、笑ったりしないんですか？　普段から」

「そうですね。ご自分から積極的に何か話されるということはないですね。感情を表に出されることも少ないと思います」

「そうですか……」

　普段から。とはいえさすがに敵意じみた視線は僕にのみ向けられるのだろう。

「緊張されているのだと思います」

僕の思いを見透かしたように三上さんは言った。

「ずっとお父様とお二人でしたから。戸惑っていらっしゃるのでしょう。決して上総さんと一緒に暮らすことが嫌だからということではありません」

三上さんは、はっきりと言い切った。

そうだろうか。僕にはとてもそうは思えない。という本心は胸にしまっておいた。三上さんは僕の不安を軽減しようとしてくれているのだ。たとえそれが事実とは思えなくても、それに敢えて反駁《はんばく》するほど子供ではない。が、表情には現れていたのだろう。三上さんは少し困ったように笑った。

「三上くん、遅い」

声の方を向くと、天音が少し不機嫌そうな表情をして立っていた。

三上さんは素早く立ち上がり、「申し訳ありません」と天音に頭を下げると、僕に向き直り、ゆったりと微笑《ほほえ》みを浮かべて言った。

「では失礼致します。何かお困りのことがありましたら遠慮なく仰《おつしや》ってください」

丁寧に頭を下げると、天音を促して去って行った。

三上くん、か。

最初、天音が三上さんをそう呼んでいるのを聞いたときは驚いた。いくら自分に付き従う人だからといって、年上の大人に向かってそれはないだろうと。それを三上さんが意に介していないことにも疑問を持ったが、天音が小学生のころからマネージャーを務めていると聞いて納得した。

天音にとって三上さんはただのマネージャーではなく、もっとより身近な兄のような存在なのだろう。三上くんという呼び方は決してからかっているとか、軽んじているとかではなくて、親しみを込めてのものなのだ。

感情を表に出すことが少ないと言っていたけれど、三上さんの前では、天音はよく笑うし、よく喋《しゃべ》る。強張《こわば》った表情は和《やわ》らぎ、頑《かたく》なな口許《くちもと》はゆったりと言葉を紡ぐ。それは長い間に培われてきた信頼故のことなのだろうけれど。

そんな二人の関係を思うと、何故か少し胸が騒いだ。

♪

午後七時。僕は期待と憂鬱を胸に食卓へ足を向ける。

期待を向けるのはもちろん滝さんの料理に対して、憂鬱は言わずもがな、天音に対して。

滝さんの勤務の終わりの時間に合わせたのか、食事の時間に合わせて勤務時間が決まったのかは定かではないけれど、この家の夕食の時間は午後七時と決まっている。

滝さんは時間までにきっちりと夕食を作り終え、僕と天音が席に着くのを待って、ごはんと汁物を器によそい、定位置に置く。最近は次の日のお弁当のおかずのリクエストを僕に訊くということが加わったらしいけれど、それで滝さんの一日の仕事は終わりだ。僕たちに二言三言、声をかけるとエプロンを外して帰って行く。そして、いつものように言葉なく、静かな食事が始まった。

六人がけのテーブルに斜向《はすむ》かいに座って、そしゃくする音が相手に聞こえるのではないかと思うような静けさの中、ただ黙々と箸を進める。言葉も交わさず、目も合わせない。いつも寒々しい空気が流れている。

二人きりの食卓。

この家に来る前もずっとそうだったけれど、テレビが点《つ》いていたり、話をしたりしていたから、音もなく黙々と食事をするということはなかった。けれど、天音にとってはこの静かな状況が普通なのかもしれない。

父は家にいても自室で食事をとるというから、僕がこの家に来るまで、天音はきっとひとりで食事をしていた。話す相手がいなければ黙って食べるしかない。広いテーブルにひとり。この広い空間にひとり。それが天音の日常だった。その光景を思い浮かべて寂しいと感じるのは僕の勝手なのだろう。

天音の方へ視線を向けると、オレンジ色の固まりが目に入ってきた。真剣な表情でシチューに入っている細切れのにんじんを皿の端によけている。そんな天音の姿が少し母と重なった。

僕には好き嫌いせず食べるようにと言うくせに、母は好き嫌いが多かった。慎重な手つきで嫌いなものを皿の端に寄せ、僕に見とがめられると、肩をすくめて笑う母は可愛《かわい》らしかった。

一方、天音は僕の視線に気づくと、眉根を寄せ、険しい表情になった。何か文句あるの？　と言いたげだ。

僕は慌てて視線を逸《そ》らし、シチューを食べる作業に戻った。けれど、天音は僕に向けた鋭い視線を逸らそうとしない。じりじりと頬に焼け付くような視線を感じる。仕方なく手を止め、天音を見て、「何？」と尋ねた。

天音は少し逡巡《しゅんじゅん》した後、おもむろに口を開いた。

「どうして来たの？　この家に」

「どうしてって……」

「叔父さんと暮らしてたんでしょう。だったら、ずっとそこで暮らしていればよかったじゃない。違うの？」

返す言葉が見つからず、口ごもった。

「どうして？」

「……あの人が言い出したんだ。俺を引き取るって」

「だから断ればよかったじゃない。どうして断らなかったの？」

スプーンを握っている手に力がこもる。

「それは……」

叔父の人生の邪魔をしているような気がして心苦しかったから。それが一番の理由だ。

けれど、本当はどこかで期待したのかもしれない。肉親である父親に淡い幻想を抱いた。姉に対してもしかりだ。なんのわだかまりもなく、温かく迎え入れられることをどこかで思い描いていた。だから……。

言葉に詰まる僕を見て、天音は深く息をついた。

「いい。わかった。あなたの事情なんてどうでもいいの。ただ、わたしたちの生活の邪魔をしないで」

　なんのわだかまりもなく。そんな都合のいいことがあるわけないのだ。

　天音の態度は当然だ。十三年間、離れて暮らしていた間の溝は深い。簡単に埋まるものでも、埋められるものでもない。生活環境も、培われた価値観も、そして互いに対する思いも違うのだ。

「邪魔なんてしないよ。大体、俺が邪魔だって言うんだったら、最初から反対すればよかっただろ。あの人に言えばよかったんだ。そうしたらきっと……」

「言った。反対した。でも……」

　天音は言い淀み、目を伏せる。

　反対したにも拘らず、父は押し切ったというのだろうか。天音はそれを苦々しくというよりは、むしろ自分の願いを聞き入れてもらえなかったことが哀しいというような表情をして、弱々しく笑った。一瞬浮かんだ憂いを帯びた表情に戸惑う。

　天音が父と一緒にいるところを見たのは春先の会食のとき一度きりだ。天音はずっと父の行動に目を遣《や》り、言うことにはすぐに従い、笑顔も見せていた。それを見ただけですぐに天音が父を好きなのだということはわかった。父の方も態度は素っ気なかったけれど、時折、言葉の端々に天音への気遣いをのぞかせていた。

天音にとって父は唯一無二の存在なのだろう。そんな大好きな父親が自分の反対を押し切って邪魔者を連れてきたのだから、気分がいいわけもない。

天音はぎゅっと唇を噛《か》み締めると、再び僕に鋭い目線を向け、

「とにかく、わたしはあなたのこと家族だなんて認めないから」

と硬質な声音で言い放ち、去って行った。

どうして？　と尋ねたいのはこっちの方だ。

今更、何を思って父は、僕を引き取る気になったのか。

再会の日、父は僕に言った。

僕の生活には干渉しない。何か困ったことや必要なものがあったら、三上さんに相談するように、と。それだけだった。

叔父と僕との生活に最大限に干渉してきたというのに、突き放すような態度はなんだろう、と思った。父親としての権利を振りかざしたかと思えば、他人の顔をして僕を見ようともしない。中途半端な態度に腹が立った。無視をするのなら、無視をし続けてくれればよかったのだ。そうすれば、僕も天音もお互い嫌な思いをせずに済んだ。

この家では何ひとつ不自由のない生活が保証されている。それは贅沢なことで、満足しなければならないとわかっている。けれど、釈然としないものが胸の奥にわだか

まる。

再会の夜、父は母について、何も尋ねなかった。

それは僕の心に疑問を落とした。

父にとって母は、一体どういう存在だったのだろう、と。

そして、天音にとって母は……。

『一生、許さないんだから』

耳の奥に蘇る冷たい声。

思い出すのはいつも雨の日。

耳をすますと雨だれの音が聴こえてきた。

2　練習曲

青葉が深まり、さわやかな風が駆け抜ける新緑の五月。

そんなさわやかさとは裏腹に、憂鬱な気分を抱えて過ごす日々は続いている。


リビングの扉を開けて、天音の姿を見つけた瞬間、しまったと思った。けれど引き返すのも露骨すぎるので、仕方なく室内に足を進めた。

午後のお茶会にはいつも、天音が練習室へ行ってしまってから出向くようにしていたのだけれど、今日は少し早かったようだ。

にも拘らず、滝さんは超能力でもあるんじゃないかと思うぐらいのタイミングのよさで、リビングにお茶の用意を持ってやって来た。そのため、僕は天音の向かい側のソファに腰を下ろさなくてはならなくなった。

天音はちらりと僕を見やっただけで、何も言わなかった。以前なら僕が来た時点で席を立っていたことを思うとかなりの変化だ。

一緒に暮らすようになって二ヶ月が過ぎ、常に気を張っていることに疲れたのか、天音の態度は少し和らいだ。もちろんまだ睨まれるし、無視をされることもあるけれど、同じ空気を吸うのも嫌だというような当初の緊張状態ではなくなった。夕食時に「しょうゆ取って」くらいのやり取りには素直に反応してくれるようになった。おかげで生活はしやすくなった。

滝さんは白い陶器に入ったプリンと紅茶をテーブルに置く。

「今日は手作りプリンです」

「へー滝さんってなんでも作れるんだ。すごいね」

感心すると、当然ですと言わんばかりの微笑みを向けられた。

「このプリン、お好きだったんですよ。お母様も」

滝さんがさらりと口にした言葉に、天音はぴたりと動きを止めた。口許に寄せかけたスプーンの上でふるふるとプリンの欠片《かけら》が震える。食べるか、食べないか。葛藤《かっとう》する様がありありと見て取れた。

「そうそう、旦那様が食べないと仰ると、その余った分の取り合いになってケンカしてたんですよ」

懐かしそうに目を細めて語る滝さん。ケンカするほど仲のいい姉弟だったと言いたいのだろうが、今、それを持ち出さなくてもいいのに。

天音は結局、食べないことに舵《かじ》を切ったらしく、食べかけの器をテーブルに置き、立ち上がると、口惜しそうな表情をしながらリビングから出て行った。

滝さんと僕は顔を見合わせ、互いに肩をすくめた。

「本当にお嬢様は頑固なんですから」

食べかけの器を見ながら、呆《あき》れたように息をつく。

「頑固？」

「ええ。とっても頑固。誰に似たんでしょう」

頑固ね。確かに。誰に似たのかはともかく頑固そうではある。

母が好きだったと聞いた途端、食べるのをやめてしまったのだから。

だけど滝さんも意地悪だな。あのタイミングで言ったら天音が食べるのをやめてしまうことぐらいわかっていただろうに。

滝さんは僕と天音の仲を取り成そうとしていて、たまに母のことや僕ら姉弟の思い出話を語ったりするのだが、効果はないように思う。むしろ滝さんが母のことを語ると、天音は意固地になっていくような気がする。とはいえ、なんとか僕と天音を仲良くさせたいと思っている滝さんの心遣いに水を差すようなことは言えない。

「一つ残ってるんですけど、そちらも召し上がりますか？」

おいしいので是非、と言いたいところだけれど、なんだか食べかけの器が哀愁を誘う。

「天音に残しといてあげて」

僕の視線に気づき、滝さんは苦笑する。

「お優しいですね」

「違うよ。食い物の恨みは怖いって言うから」

「そうですね。三日ぐらい口を利かないってこともありましたからね」

滝さんは食べかけの器を片付けながら、再び呆れたように息をつき、去って行った。

僕はソファの背もたれに身を預け、プリンを口に運んだ。

口の中でとろりと溶ける牛乳と卵の素朴な味のプリン。

プリンを取り合ってケンカをしたことも、このプリンの味も覚えていないけれど、懐かしい味と言われればそんな気もしてしまう。

家族とは認めない。と天音は言った。

僕の方でもそう思っている。生活に必要なものを得るために間借りしているだけ。

父や姉と同居しているだけで家族ではない。

だが、時折、この家に残る過去の自分が僕を迷わせる。

僕はかつてこの家で暮らしていたころのことをほとんど覚えていない。それは幼かったせいもあるのだろうが、母はこの家で暮らしたことを、父や姉のことを語ろうとはしなかったので、後に半ば刷り込まれた思い出というものもないのだ。

だから、滝さんに思い出話をされても、正直、ぴんとこなかった。けれど、この家で日々を過ごすうちに自分の過去を見つけてしまった。

滝さんが幼いころの僕を知っていることも、父が僕を覚えているということも。元々、僕のために用意されていたという自室も。探せばもっとあるはずだ。僕の過去も、母の過去も。

今更だと思うのに、過去にすがろうとしてしまう。この家のどこかに自分の身の置き場所を探してしまう。それが嫌でたまらない。

舌の上でとろけてゆく甘い味が小さな傷にしみる。懐かしい味なのだと思うと、胸が締め付けられるように苦しくなる。

僕は慌てて紅茶でプリンを流し込み、胸の支《つか》えも一緒に押し込んだ。

それにしても、プリン取り合ってケンカして、三日ぐらい口利かないって。

わたしのプリン食べたでしょう。で、十三年も恨まれることはないと思っていたけれど。

本当に食い物の恨みだったらどうしよう。

♪

「だから言ったろ。プリンだって。積年の恨みは怖いな」

安斎は腕組みをし、しみじみと頷く。

「でも、まぁ、原因がわかれば後は耐え忍ぶしかないな」

妙に実感のこもった言葉が憐憫《れんびん》を誘う。つい突っ込むのをためらってしまったが、

「いや、違うって。プリンじゃないから」

一応、否定してみた。

「冗談だって」

わかってるけど。

「口利かないぐらいで済むなんて、微笑ましい姉弟ゲンカだよな。うちなんか……」

言いかけて、何を思い出したのか、安斎は顔を歪めて固まってしまった。普段は冷

静な男が姉たちの話になると心乱される様は不憫でならない。一体、彼は姉たちに日ごろどんな仕打ちを受けているのだろう。知りたい気もしたけれど、口を割らせるのはあまりに気の毒な気がしたので、「いいよ。安斎。話さなくても」と止めてあげた。

「まぁ、睨まれたりするのは慣れたっていうか、そんなもんかなって思うんだけど。こっちは父親のことなんてほとんど覚えてなかったし、全然、意識したことってなかったんだよな」

意識の外に追いやろうとしていた節もあるにはあるけれど、離れて暮らしていた間、父に対して特別な感情を抱くことはなかった。

両親が離婚した詳しい事情は知らない。幼いころは友人の家族を見て、どうして他の家には「父親」と呼ばれる人がいるのに、うちにはいないのだろうと疑問に思うことはあった。その疑問を母にぶつけてしまったことはあったのかもしれない。そのとき、母がどう答えたのかは覚えていない。

当時はきっと幼いなりに傷ついたのかもしれないけれど、それを今に引きずっているということはないし、なんのわだかまりもないと言えば嘘《うそ》になるが、父が憎らしいとか、嫌いだとか、はっきりとした感情は抱いていない。

「だから、わかんないんだよな。余計に。どうしてあんな風に……」

天音が母に対し強い感情を抱けるのか。それこそ、「積年の」というような思いを抱いているようなのだ。

天音と母との間にある軋轢《あつれき》の原因が何かはわからないが、きっとそれが僕に対する敵意の源なのだろう。母に向けられるはずだったものが、僕にそのまま直接、向かってきているというのはわかるのだ。母のもとで育った僕が理由もなく気に入らないというのも。ただ、やはりあまり気分のいいものではないし、釈然としない思いもある。

「天音さんって、母親似？」

唐突な質問に戸惑いつつ、天音の顔を思い浮かべた。

色白で、細面《ほそおもて》の端整な顔立ち。中でも長い睫毛に縁取られたアーモンド型の目は母によく似ていると思う。

「まぁ、似てるところはあるけど……」

すると安斎は何かを納得したような表情になった。

「やっぱり、美人なんだ。じゃあ、嫌われたくないよな」

「は？　意味わかんないんだけど」

「そういうことだろ。結局は」

「だから何がそういうことなんだよ」

「そこはやっぱり自分で考えるとこだろ」

それはもっともな意見だが、その前に意味深なことを言って謎《なぞ》を増やすのはやめて欲しい。

「もしかして、面白がってない？」

「いや、面白がってはいないよ。けどさ、なんだかんだ言って、天音さんのこと気にしてるみたいだから、珍しいなと思ってさ。おまえってあんまり他人に興味持ったりしないだろ」

「べつに気にして……」

ない、とは言えなかった。本当に気にしていないのなら、話題にすらしないのだから。本当は無視してしまいたいのに、無視できない。天音のぎすぎすした態度が気になってしまう。

それはやっぱり……。


♪

嫌われたくない、のだろうか。

安斎と話したその日の夕食時、僕は天音の顔をこっそり眺めた。

母と顔立ちは似ているが、そこに浮かぶ表情はまるで違う。不機嫌そうに唇を歪め、目を険しくし、僕を睨むなんてこと、母はしなかった。

安斎はきっと天音が母に似ているから、気になったり、嫌われたくなかったりするのだと言いたかったのだろう。それは的外れというわけではないけれど、それほど単純なことでもない。まぁ、安斎もそれぐらいはわかっていて、わざと言っているのだろうけれど。

というか、こっちが嫌われたくないと思ったところで、僕の人格とか、そういったことを根こそぎ無視した上で、嫌悪を向けられているのだからどうしようもない。あれこれ考えたところで、この寒々しい食卓の状況が変わるわけではない。

天音から目を逸らそうとすると、ふと皿の端によけたにんじんが目についた。白い皿とオレンジ色のにんじんのコントラストがやけに鮮やかだ。

天音は目を細め、サラダに入っている千切りのにんじんを一切れも取り逃すことがないように慎重に箸で取りのぞいている。

滝さんも嫌いなの知ってるなら、入れなければいいのに。小学生の子供じゃないんだから。嫌いなものをそう簡単に好きになったりはできない。

だがよく見ていると、天音が渋面を作りながらもほんの少しずつにんじんを口に運んでいることに気づいた。

だからか。

好き嫌いしないように食べなさい。と僕に注意したのは母だったけれど、天音にとってその役割を担っているのは滝さんなのだ。

最初から嫌いなものを料理に入れない方が滝さんにとっても手間は省け、楽なはずなのだ。けれど、滝さんが敢えて嫌いなものを入れるのは天音のためを思ってなのだろう。天音もそんな滝さんの思いを汲《く》み、少しはなんとか頑張ろうとするのだ。

大きな家に住み、贅沢な物に囲まれ、身の回りのことをなんでもやってくれる家政婦がいて、自分の言うことをなんでも聞いてくれるマネージャーがいる。という環境にいたら、甘やかされ、わがまま放題のお嬢様になっていてもおかしくはないぐらいなのに、天音にはそういうおごったところがない。それは滝さんの存在故なのかもしれない。

滝さんの大らかさからすると、天音を厳しく叱ったり、口うるさくあれこれ言ったりすることはなかっただろうが、決して甘やかすこともなかっただろう。

言葉はなくても二人の間に通じるやり取りがあるらしく、天音は滝さんを見て、時折、僕に対する態度を改めたりもするのだ。

仕事という枠を越え、愛情を注いでくれる滝さんのことを天音は心から信頼し、慕っている。天音が幼いころから、長い月日をかけて培われた信頼はこの先、何があっても揺らぐことはないのだろう。

そう思うと、少し胸がちくりと痛んだ。

ここに僕の居場所などないことぐらいわかっていたはずなのに。

僕の視線に気づいた天音は眉をひそめ、席を立ち、皿を片付けにキッチンへ向かった。

すると、カシャンと食器の割れるような音と共に、

「きゃっ」

と天音の小さな悲鳴が聞こえてきた。

慌ててキッチンへ向かうと、床に割れた茶碗《ちゃわん》の残骸があった。皿の上に重ねていた茶碗が滑って落ちてしまったようだ。天音は茫然《ぼうぜん》と立ち尽くしている。

「怪我《けが》しなかった？」

天音ははっとしたように僕を見て、頷きながら、少し困ったように笑い、視線を割れた茶碗に向けた。どうしよう、と言いたげだ。片付けぐらい自分でやれよ、と突っ

ぱねたくもあったが、はたと気づいてしまった。

手はピアニストの生命線だ。

とにかく割れたものには触れるなと言われているのかもしれない。

母は僕と二人で暮らすようになるまで、包丁もカッターも握ったことがなかったと苦笑交じりに言っていた。極力、ハサミも使わないようにしていたと。刃物そのものを遠ざけ、手や指が傷つかないように細心の注意を払って生活していたと語る母の指には絆創膏《ばんそうこう》が貼ってあり、血が滲んでいた。

その話を聞いたとき、包丁もカッターも、ましてハサミも使わない生活が想像できなかった。頻繁に使うものではないが、使わないと不便な場面はいくらでもあった。

けれどこの家で暮らすようになり、母の言っていた通りの生活を目の当たりにした。

家のことは滝さんがしてくれるし、その他のことは三上さんがしてくれる。刃物を使う必要が生じれば二人に頼めばいい。当然、欠けた茶碗の片付けも天音がすることではない。そもそも食器を下げるということ自体、普段はしていなかった。

傷つかないように、傷つけないように。

そうやって、ピアニストの卵である天音の指は守られている。

かつては、母も守られていたのだ。この家に。

母の作る料理はお世辞にもおいしいとは言えないことの方が多かったけれど、作るのは好きだったようでいろいろと作ってくれた。今日は失敗だけど、次は成功させるからと笑って楽しんでやっているように見えた。けれど本心はどうだったのだろう。傷ついた指を見て、母はどんな思いでいたのだろう。

「どうしたの？」

怪訝そうな声に思考を引き戻される。

「あ、いや……片付けは俺がやるから」

「でも……」

「指、怪我したらまずいだろ」

ささくれひとつない綺麗な指。繊細な指先はどんな小さな傷にも敏感に反応し、ピアノを弾くときの感覚を変えてしまうのだと聞いたことがある。

僕の視線に気づいた天音はそっと手を後ろに隠した。

「あなたはピアノ弾かないの？」

「え？　ああ、弾けないよ。全然」

と言うと、母の知り合いは大概驚いた。ピアノの先生の子供がピアノを弾けないというのは確かに珍しいことなのだろうが、うんざりした覚えがある。天音も驚いたように微かに目を見開いた。

「教えてもらわなかったの？」

質問の背後に見えた母の姿に緊張しながら、僕は頷いた。

母は僕にピアノを教えてくれたことはなかったし、習わせようという素振りも見せなかった。はっきりと告げられたわけではないが、僕にピアノを弾いて欲しくなかったのだろう。音楽と関わって欲しくないと思っているようだった。

「どうして？」

天音は戸惑うような表情を浮かべて、僕を見ていた。

「俺も理由は知らないけど」

母に一度だけ尋ねたことがある。

どうして僕にはピアノを教えてくれないのか、と。

特別、ピアノを弾きたかったわけではない。僕以外の子供に熱心に教えている母の姿を見て嫉妬《しっと》したのだ。他の子に教えているのに、どうして僕には何も教えてくれないのだろう、と。

母はただ困ったように、少し寂しげに笑うだけだった。

自分の練習で手一杯だったからとか、家にあったピアノは手放してしまったので、教えたくとも教えられなかったとか、想像はできるけれど、それはもう知りようがない。困ったように、少し寂しげに笑ったのはどうしてだったのかもわからない。

「そう……片付け、お願いするね」

「え、ああ」

「じゃあ、ありがとう」

はっとして天音を見たときにはもう僕に背を向けていて、その表情を窺《うかが》うことはできなかった。


♪


翌週の月曜日。放課後、授業が終わると早々に帰ったはずの吉原が慌てた様子で教室に駆け込んできた。

「どうしたの？」

「校門のところにお姉さんがいるんだけど」

お姉さんと言われ、一瞬、誰のことかわからなかった。

「天音さん」

「ああ、天音。え？　校門のとこって？　なんで？」

「やっぱり約束してたとかそういうわけじゃないんだよね」

「してないけど」

睨まれる回数は減ったものの、約束などするような間柄ではない。

「でも、いたよ。すごい注目されてる。早く行ってあげた方がいいんじゃない？」

僕のことを待っているのだろうな、たぶん。思い当たることがないわけではない。

ことの起こりは今日の朝、食卓にて。

こんがり焼けたトーストにかじりついている僕の斜め向かいで、何やら天音と三上さんがもめていた。今週の午後は抜けられない会議があり、代わりに別の人を迎えに行かせるという三上さんに、天音がそれを不服として詰め寄っていた。

「遅くなってもいいから来られないの？」

「申し訳ありませんが、かなり遅くなる可能性があるので。友部《ともべ》を迎えに行かせます」

天音は眉根を寄せ、不快感を露《あらわ》にする。

「どうして？　会議抜けて来たらいいでしょう。大体、三上くんはわたしのマネージャーなんだから、わたしのことを優先するのが普通でしょう」

という天音の反応を予想していたかのように、三上さんは切り札を出した。

「友部も天音さんのマネージャーです。立場は私と変わりありません」

三上さんの言葉に天音はぐっと息を呑んだ。僕は初耳だが、天音が言い返さないところを見ると事実のようだ。今回のように、三上さんだけでは手の回らない部分をサポートするのが友部さんという人の役割なのだろう。

「わかった。じゃあ、わたし、ひとりで帰って来る」

名案と言わんばかりに天音は笑顔になった。

「おひとりでですか？」

三上さんは珍しく少し狼狽《ろうばい》しているようだった。

「いいでしょう。大丈夫。少しぐらいはひとりでやるようにしないと。この先、困るでしょう」

「ですが。どの電車に乗ればいいか、ご存じですか？」

「駅員さんに訊けばいいんでしょう。大丈夫」

天音が「大丈夫」と言うたびに、三上さんは困ったように表情を曇らせる。

本人が自力で帰って来ると言っているのだから、そうしてしまえばいいと思うのだが、二人のやり取りから察するに、天音はひとりで電車に乗ったことがないようだ。

きっと切符の買い方も知らないのだろう。外出の際にはマネージャーが付き添っているのだから、当然そうなってしまうのだろうが、天音の世間知らずのお嬢様ぶりには舌を巻いてしまう。三上さんが心配するのも無理はないのだ。

「ね、友部さんには来なくていいって言っておいて」

天音は満面の笑みで言い、話はこれで終わりだと立ち去ろうとするが、三上さんはそれを制した。

「いえ、友部を迎えにやりますから、いいですね」

天音は唇を嚙み締め、三上さんから視線を逸らしたまま、答えない。

結局どうするのか、気になりながらも、家を出なければいけない時間になっていたので席を立った。そのとき、不意にこちらを向いた天音と目が合い、ふとあることを思いついた。僕の通う高校から天音の通う高校までは歩いて十分もかからない。利用する最寄り駅は一緒だ。

「俺、一緒に帰って来てもいいですよ」

天音は嫌がるだろうなと思いながら、軽い気持ちで三上さんに向かって言った。

「もちろん天音がよければですけど」

思いもよらない提案に天音は目を白黒させつつ、三上さんを見た。

二人のやり取りを見ていると、天音が三上さんを振り回しているように見えるのだが、実際の決定権は三上さんにある。三上さんが否と言えば結局、天音はそれに従う。

「天音さんがよろしければ構いませんよ」

三上さんの了承を得た天音は少し逡巡した後、首を横に振った。

天音の反応は予想できていた。僕と一緒に帰るよりは、代理の友部さんの方がましなのだろう。

三上さんは、もしものときはお願いします、と頭を下げたけれど、首を横に振った天音の決意が変わるとは思えなかった。

それなのに、一体どんな心境の変化だろう。

校門を出ると、通り過ぎる生徒たちに好奇の目を向けられ、居心地悪そうにしている天音を見つけた。どうやらひとりで歩いてきたようだ。

背筋をぴんと伸ばし、足をきちんとそろえて立つ姿はまさに良家の子女という感じで、かなり人目を惹《ひ》いている。

友部さんはどうしたんだろう。と思いつつ、天音に駆け寄ろうとすると、見覚えのある車が天音のすぐ横に止まった。そして、その車から颯爽《さっそう》と降りてきた女の人が、

「天音さん！」

と天音をかばうようにその前に立ちはだかった。

周囲は一瞬、何ごとかと色めき立つ。

その女の人はどうも僕が天音に危害を加えようとして、近づいてきたのだと思っているようで、緊迫感をほとばしらせていた。

誤解だということを伝えようと思い、口を開くと、その人はすっと大きく息を吸った。僕が一言でも発したり、一歩でも動いたりすれば大声で助けを呼ぼうという構えだ。

僕は視線だけで天音に助けを求めた。天音は至極、面倒くさそうに息をついて、友部さん、とその人のことを呼んだ。

「違うの。彼はわたしの……」

天音は言葉に詰まる。戸惑うように僕を見て、考えを巡らすこと数秒。わたしの……弟、家族、同居人？　どれも事実だけれど、どれも僕と天音の関係をぴったりと言い表す言葉ではない。どう僕を紹介するのだろう。少し緊張しつつ、待っていたが、結局、天音の口から続きが紡がれることはなかった。

友部さんが僕を見て、自分の間違いに気づいてしまったのだ。直接、友部さんに会ったことはないけれど、僕のことを見知っていたのだろう。友部さんの目は大きく見開かれ、口からは微かに悲鳴に近いものが漏れた。

「もっ、申し訳ございません。わ、私、勘違いを。大変、失礼致しました。み、三上から話は伺っております。初めまして、私、友部と申します」

友部さんはしどろもどろになりながら、なんとか名乗り切ると、恐縮しきった様子で勢い良く頭を下げた。その拍子に胸ポケットに入れていた携帯電話が滑り落ち、地面に当たって、カツンと硬い音がした。

髪の毛を後ろの低い位置できっちりお団子にして、黒い細身のパンツスーツで、いかにも仕事のできる女性といった感じなのだが、案外、そそっかしい人のようだ。慌てて携帯電話を拾い上げ、壊れていないか確かめている。

その様子を天音はひどく醒《さ》めた目で見ていた。

いい人そうなのに。天音はどうして友部さんのことを嫌っているのだろう。僕が本当に天音に危害を加えようとして近づいてきた人物だったとしたら、友部さんは身を挺《てい》して天音を守ろうとしたということになる。その誠意を見せられれば、少しそそっかしいところぐらい許せるような気もするのだが。僕の知らない何かが二人の間にはあるのだろう。

「あの、では、上総さんもご一緒に」

「え、あ、すみません。ちょっと寄りたいところがあるんで」

「そうですか。では、天音さんは」

友部さんの視線を受けて、天音はさっと僕の後ろに隠れた。

「わたしはこの人と一緒に帰る。だから友部さんは帰っていいよ」

「ですが……」

友部さんは困ったように視線を僕に向けてきた。

天音を連れ帰るのが仕事なのだから、連れ帰らなければ友部さんの立場はないのかもしれない。それに天音のことが心配でもあるのだろう。だが天音なりに友部さんを避ける理由があるのだろうから、ここは天音の肩を持とう。

「あの、ちゃんと連れて帰りますから。心配しないでください」

と言っても、友部さんはなおも心配そうにしていたが、天音が僕の後ろに隠れたままでいるのを見て、諦めたらしく「お願いします」と頭を下げた。

「本当によかったの？　帰して」

車が去って行くのを眺めながら訊くことでもないな、と思いつつ、天音の様子を窺った。

「いいの。いらないって言ったのに、三上くんが勝手に寄こしたんだから」

天音は口早に言い捨てる。友部さんのことは話題にもしたくないという感じだ。

「だけどさ」

ひとりで車に乗り込む友部さんの姿は悲壮感さえ漂っていて、僕が一緒に車で帰ると言えば済んだことを思うと、今更だが、なんだか申し訳ない気持ちになっていた。

「あなたが気にすることじゃないでしょう」

「そうだけど。でもさ、どうして友部さんのこと、嫌ってるの？」

「べつに嫌いではないけど……ちょっと苦手なだけ……」

天音は目を伏せ、これ以上、友部さんのことについて触れられたくないようで、すっと歩き出してしまった。


♪


翌日。放課後になり、帰路を急ぐ僕の背を、

「ねぇ、秋月、待って。清華《せいか》、行くんでしょ」

と吉原が追ってやって来た。

「え？　なんで知ってんの？」

確かにこれから天音の通う学校、清華音楽大学付属女子高等学校へ向かおうとしているところだった。どうしてか。電車にひとりで乗ったことのない世間知らずのお嬢様を迎えに行かなければならないのだ。

「安斎。ついて行こうとしたら怒鳴られたって拗《す》ねてたよ」

「だって、あいつ、天音に会わせろってしつこいんだ」

僕をからかっているような安斎の態度が少しばかり腹立たしい。

結局、今週は会議を抜けられないという三上さんの代わりに、僕が天音を連れ帰ることになってしまったのだ。

そもそも自分が蒔《ま》いた種ではあるし、三上さんに申し訳なさそうに、けれど少し嬉《うれ》しそうな様子で頼まれてしまったら、嫌とは言えなかった。

どうやら三上さんなりに僕と天音との仲が悪いのを気にしていたらしく、僕が助け舟を出し、天音がそれに乗ったことを喜んでいるようなのだ。高校生にもなって姉弟仲良くというのもないだろうと思うのだが。滝さんといい、三上さんといい、僕らのことを子供扱いし過ぎなんじゃないだろうか。恥ずかしいことこの上ない。

「あ、で、何？」

「わたしも清華の友達に会うから一緒に行こうと思って」

「ふーん。清華に知り合いいるんだ」

「まぁ、一応、ヴァイオリン弾きの端くれですから。音高に知り合いの一人や二人ね」

「じゃあ、俺の周りのうるさいの引き受けてよ」

うんざりして言うと苦笑を返された。

天音の通う学校、清華音楽大学付属女子高等学校は名称通り音大付属の女子校で、未来の音楽家を目指す良家の子女が通っている。有名な音楽家を多数輩出していることで、そのレベルの高さは全国的にも知られている。が、近隣の学校の生徒からすると、清華の「レベルの高さ」というのは容姿のことを指し示す言葉に変わってしまう。

僕の周りにもチャンスあればと狙《ねら》っている奴らは結構多い。とはいえお嬢様学校だけあってガードは固く、知り合う機会はなかなかなく、うっかり声をかけようものなら、昨日の僕のような事態にもなりかねないらしい。それどころか、学校経由で注意されることもあるらしい。という話を切々とされた。一体、何を言いたいのかと思いながら聞いていたが、要は清華の女子を紹介してもらいたいという話だった。

無理だと断ったら、おまえばかりずるいと絡まれ、うるさくて仕方ないのだ。

「でも、どうして天音さんのこと迎えに行かなくちゃいけないの？」

「いつもはマネージャーが送り迎えしてるんだけど、用事があって迎えに来られないから、その代理」

「えっ、マネージャーがいるの？」

吉原は目を丸くした。

「父親の会社の人なんだけどね」

「すごいね。ホントにお嬢様だね」

「だろ。すごいよな」

家でシャツにジーンズという普通のカジュアルな格好でいる天音を見ていると、お嬢様という感じはあまり受けないのだけれど、クラスの女子だとかと比べてみると、やはり今日日の女子高校生と違うところは多い。住む環境が違うのだから当然なのだろうけれど、言葉遣いや立ち居振る舞いはどこか上品な感じがするし、世間知らずというか、世間擦れしていないところなんかは完璧お嬢様だ。まぁ、あんな豪邸に住んでいて、専属マネージャーがいるという時点でお嬢様ではあるのだけれど。

「何気に秋月もお坊ちゃんなんだよね」

「お坊ちゃんって……」

思わず苦笑が漏れた。あの家での生活に慣れつつあるけれど、価値観の違いに驚くことの方が多いし、ついていけないこともままある。

最初のころに比べれば柔軟に対応できるようになったとは思うけれど、根本的には小市民のままだ。けれど、この先出会う人たちにはそういう扱いをされてしまうのかもしれないと思うと、少し複雑な気分になった。

「だけど、優しいんだね」

からかうような視線を向けてくる吉原に対して、僕は首を横に振った。

「あのな、違うよ。だってさ、電車ひとりで乗ったことないって言うんだ。ひとりで帰らせて、反対方向の電車に乗って、後で泣きつかれるよりましだろ」

「うわ、筋金入りだね」

「だろ。だから仕方なくだよ」

「ふーん。でも、やっぱり優しいね。お姉さんだからかな」

今度は吉原にからかうような素振りはなくて、僕は少し落ち着かない気分になった。


校門に面した通りの向かい側で、吉原と一緒に他愛ない話をしながら天音のことを待っていた。

僕の通う学校の生徒とは明らかに毛色の違う女子生徒たちが校門から次々に出て来

ては、ちらりと僕たちを一瞥《いちべつ》する。けれど次の瞬間には、何ごともなかったかのように、にこやかに友人と談笑しながら駅の方へと向かって行く。

制服は上下ともに濃紺のかなり質素なデザインだ。古き良き時代の女学生を思わせる三つボタンのブレザーにスカート。スカート丈は膝下で、ブラウスの襟元はきっちり、リボンもきちんと結んで、学校指定のスクールバッグはしっかり肩にかけて、髪の色は天然色。お嬢様学校といわれているだけあって、みんな清楚《せいそ》で、慎ましやかな印象だ。学校での天音の様子は知らないけれど、きっと風貌に関しては溶け込んでいるのだろう。

「天音さん、やっぱり似てるね。先生に」

不意に吉原がしみじみと言った。吉原は僕の母のことを先生と呼ぶ。

「そうかな?」

「うん。似てるよ。顔とかだけじゃなくて、雰囲気も。すごく柔らかくて、優しい感じなんだけど、芯はすごくしっかりしてる感じがする。先生って普段はおっとりしてたでしょう。でも指導してるときとか、演奏してるときとか、別人みたいだった」

吉原の言う通り、普段の母は柔らかく、優しい雰囲気をまとい、口調や物腰もゆったりとしていて、おっとりとした性格だった。けれど、ピアノを前にすると顔つきや印象はがらりと変わり、別人のようになった。音楽教室の生徒から母は「優しい先生」ではなく、「厳しい先生」と称されていた。

「天音さんもそういうところあるんじゃない？」

「どうだろう。ピアノ弾いてるとこ、見たことないし。天音のことよく知らないから」

思いの外、声が冷たくなった。

「そっか。そうだよね。ごめん。つい……」

吉原はばつが悪そうに目を伏せた。

「あ、いや、顔は似てると思うよ」

「そ、そうだよね。綺麗だよね。すごく」

僕の同意を得られて、吉原は幾分ほっとしたようだった。

母のことを知っている人が傍《そば》にいることは嬉しい反面、少し煩わしくもある。

母が亡くなり三年が過ぎ、ようやく自ら母のことを語れるようになった。母の話題にも動揺することは少なくなった。けれど言葉の端々に気遣いが滲むたびに居たたまれなくなる。

あの家で暮らすようになってから特に、じわじわとピアノが生活の中に入り込んでくるようになってから母を思い出すことが増えた。母の過去に触れることでひどく動揺してしまうということはないけれど、それでもやはり戸惑いは隠せない。

慰めも、気遣いもいらない。もう平気だと言ってしまいたいのに、言えない自分が情けなくなる。向けられた気遣いに微かに苛立《いらだ》つ自分が嫌になる。

「そういえば、今日の英語の宿題ってさ」

僕は苛立ちを隠すよう努めて明るい声で話題を変えた。すると吉原は一瞬、少し哀しげな表情を見せた。何故、彼女がそんな表情をしたのか、気になりはしたけれど、気づかない振りをした。


街路樹の青葉が影を落とす歩道をコツコツと革靴の踵《かかと》を正確なリズムで鳴らし、足早に歩く天音の背を追いかけながら、そっと息をついた。

やっぱり余計なこと言うんじゃなかったな。言い出したのは僕の方なのだから、気まずいとかなんとか言っていられないのかもしれないけれど、やはり気が重い。

「ねぇ、一緒にいたの、誰？」

天音は急に僕を振り返った。

「友達だけど。同じクラスの」

「ふーん、トモダチね。清華、受けるつもりなの？」

一体、どこからそういう発想が出てくるのだろう、と一瞬、戸惑った。

「持ってたでしょう。ヴァイオリン」

「え、ああ、たぶん。聞いたことないけど。長くやってるみたいだから」

「訊いてあげたら？」

言葉の意味がよく呑み込めず、首を傾《かし》げると、天音はどこか呆れたような笑みを浮かべ、再び前を向いて歩き出した。その足の踵を踏みつけそうになってしまい、少し慌てた。転んで怪我でもされたら大変だ。歩調を早め、天音の隣に並ぶと、一瞬はっとしたように僕を見たけれど、文句を言うことはなかった。

緊張状態が続くのも考えものだけれど、反応が素直なのもどうも据わりが悪い。

本当にどういう心境の変化なのだろう。

天音の態度が和らいだのだから、いい傾向のはずなのに、それを手放しで喜べない天邪鬼《あまのじやく》な自分に呆れてしまう。

天音がもっと嫌な娘《こ》だったらよかった。自分の恵まれた環境にどっぷり浸って、他人を気遣うことも、礼を言うこともないような、わがまま放題のお嬢様だったらむしろ気が楽だった。もっと徹底的に無視をして、嫌がらせをして、僕をあの家から追い出そうとするような娘だったら、天音のことを嫌いになれた。そうしたらどんな態度を取られようと気にならないはずなのに。

メトロノームのように規則正しく刻まれていた足音のリズムが不意に途切れた。振り返ると、天音は楽器店の前で立ち止まり、店内にじっと視線を注いでいた。その視線を追うと、展示用のグランドピアノをかき鳴らしている少女の姿があった。高い椅子に座り、足をぶらぶらさせながら、小さな手で鍵盤を必死に鳴らしている。

天音にもあんな少女時代があったのだろうか。

あの年ごろまでは一緒に暮らしていたはずなのに想像できない。一緒に遊んだこともあったはずなのに覚えていない。

滝さんが話してくれるような出来事をぼんやりとでも記憶に留《とど》めていれば、お互いをもう少しすんなり受け入れることができたのだろうか。天音を姉と素直に思えたのだろうか。

不意に天音の視線が動き、ガラス越しに目が合い、どくんと鼓動が高鳴った。

慌てて目を逸らすと、気分よくピアノを弾いていた少女のもとに近づいてくる女性の姿が映った。おそらく少女の母親なのだろう。母親が少女の肩にそっと触れると、少女は手を止め、母親を見てぱっと顔を輝かせ、満面の笑みを浮かべた。

その瞬間、天音はふいっと視線を逸らし、足早に歩き出した。踵が刻むリズムはどんどん速くなる。一刻も早くあの親子から離れたいというように前を向いて進んで行く。

「ちょっ、天音っ！」

赤信号の横断歩道に突進して行こうとする天音の腕を引くと、思い切り睨まれた。

「信号、赤だって」

「あ……ごめん……」

急にしおらしくなられ、戸惑った。

母のことなんて聞きたくもない。いつもはそんな思いを全身から発しているくせに、あんな光景に動揺して泣き出しそうな顔をするなんて反則だ。

天音が母を嫌いだというのならそれはそれで構わない。幼いころに別れてからずっと会うこともなかったのだ。母の方があの家を出て行ったのだから、捨てられたという印象を抱いているのかもしれない。それで母を嫌悪し、敵意を抱いているのだとしたら仕方がないと思う。その気持ちは理解できなくはない。けれど天音が何故、戸惑うのかがわからない。

天音が時折見せる心の揺れが、僕の心も揺らす。

天音の迷いが、僕を迷わせる。

家族なんて認めない。

今更、家族になるつもりはない。

お互い、そう言いながら、結局、無視できないのだ。家族だった過去を消すことも、他人だった十三年を埋めることもできず、中途半端な気持ちを持て余し途方に暮れている。

「ねぇ、わたしはあの人に……」

天音の言葉は信号が青に変わったことで途切れた。

♪

革靴の踵がコツコツと規則的なリズムを刻むのを聞くのはこれで五日目だ。

天音の気まぐれも、二、三日で終わると思っていたのだけれど、今日で五日目、最終日となった。

三上さんによると、天音にとってはそれなりの気分転換になっているらしい。ついでに天音が友部さんを嫌がる理由についても尋ねたが、それには心当たりがないのだと、苦笑が返ってくるだけだった。

確かに天音は普段よりもどこか楽しそうではある。踵が刻むリズムも日ごとに軽くなり、電車の車窓を行く景色を眺める横顔には微かな笑みが浮かぶ。会話も弾むほどではないが、質問をすればぽつりぽつりと答えが返ってきた。

学校帰りということもあり、話題は学校のことが多かった。

音高というと、音楽の授業ばかりだという印象を持っていたのだが、当然、他の教科の授業もあり、カリキュラムは普通高校と大きく変わらないようで、天音は音楽専科以外、ほとんどの科目が苦手だと零した。テストの点数が悪ければもちろん補講もある。そんな事態に陥らないため、テスト前はピアノの練習時間を削って、三上さんが勉強を見てくれるそうだ。

「数学なんて何に必要なのかわからない」

と眉をひそめる姿に親近感が湧いた。

そんな話をしながら歩いていると、これまでの天音の険のある態度など、忘れてしまいそうになる。滝さんや三上さんが期待するような、姉弟仲良くとまではいかずとも、この穏やかな状態が続けばいいなと思うのだけれど、天音はどう思っているのだろう。

「あ……」

短い呟《つぶや》きと共に踵の音が途切れた。

「何？」

「雨」

視線を上げた天音につられて空を仰ぐと、頬に雨粒が落ちた。

空はすっきりと晴れているのに雨がぱらぱらと落ちてくる。次第に雨脚は強くなり、地面を濡らし始めた。

突然の天気雨にみんな小走りに雨宿りできる場所を目指す。僕も天音を促し、通りに面したファストフード店の店先へと駆けた。

肩や頭に付いた水滴を手で適当に振り払う僕の横で、天音はハンカチを取り出し、丁寧にふき取っていく。そんな天音の様子を横目で窺っていると、

「意外に背高いんだね」

不意に天音が僕を見上げる。

「え？」

「三上くんと並んでるとわからなかったけど」

確かに三上さんは僕より五センチぐらい背が高い。それにいつもぴしっとスーツを着こなして、背筋もぴんと伸びているから、実際よりも高く見える。その姿を思い出

して、僕はなんとなく背筋を伸ばしてしまった。

　天音はそんな僕を怪訝そうに見ていた。

「あ、寄って行く？」

　ごまかそうと、僕は思いついたことを口にした。

「寄る？」

「いや、通り雨だからすぐに止むと思うけど、ずっとここにいるのはあれかなって」

　歩道に面した部分はガラス張りで、店内から外は丸見えだ。

「それとも急ぐ？　それなら傘買って来るけど」

「ううん。時間はあるからいいけど」

　天音は少し戸惑うように目を伏せる。

「寄り道禁止とかそんなことないよな」

　お嬢様学校だから、それもあり得なくはないのかと思ったが、店内には清華の制服を着た生徒の姿もちらほらある。

「ないけど……」

「もしかして、こういう店、入ったことないとか？」

　天音は小さく頷く。

巷《ちまた》にあふれるファストフード店。僕にとってはなじみ深い店だけれど、確かに天音には縁のない場所かもしれない。

学校は車の送迎付きで、放課後は練習三昧、休日も出掛けることはほとんどなく、家の練習室にこもり、練習三昧。たまに出掛けるときも他の先生のレッスンか、コンサートかで、三上さんが付き添っている。

放課後の寄り道なんてしたくてもできないし、休日の外出も行く場所は限られている。そんな生活をしていれば、ひとりで電車に乗る必要もないのだろうし、ファストフード店に寄ることもない。

「まさかコンビニも行ったことない？」

さすがにそれは心外だったらしく、じっとりと睨まれた。

「わたしにどんな印象を抱いているのかは知らないけど、コンビニで買い物するぐらいのことはあるよ。家の近くにあるから」

確かにコンビニは徒歩圏内に一軒ある。その店がなければたぶん「ない」という返答になったのだろう。それだけ天音の自由時間や行動範囲は限られているのだ。

それを窮屈と感じるのは僕の勝手だろうが、この数日が天音の気分転換になっているのなら、もう少し、いつもと違うことをしてみてもいいだろう。

「時間あるなら寄って行こうか」

まだ少し迷うような素振りを見せている天音を促して、店に入った。

天音は控え目にだが、物珍しそうに辺りを見回す。

「こういうところ、よく学校帰りに寄るの？」

「まぁ、たまにだけど。何飲む？」

天音は僕の視線を追ってメニュー表を見つけたものの、どこを見たらいいのかわからないのか、目がさまよう。

「二列目」

僕の指示でようやくドリンクメニューを見つけるが、今度は「んー」と小さく唸《うな》りながら、考え込んでしまう。そうしているうちに列が進んで、注文の順番が回ってくる。

「決まった？」

「まだ……」

ああ、やっぱり。天音に限らず、どうして女子は飲み物ひとつでこうも悩めるのだろうか、と不思議に思いつつ、

「紅茶？　カフェオレ？」

と選択肢を狭めた。滝さんが天音に対して用意する飲み物は大概この二つだ。このどちらかなら天音の好みを外すことはないだろう。

「んっと、カフェオレ」

「よし、じゃあ、決まり」

多少、強引に注文を決め、会計を済ませて、席へ移動しようとすると、知った顔があり、思わず引き返してしまいそうになった。彼らを避けて席へ向かうことはできるけれど、避けたら避けたで後でうるさそうだ。取り敢えず、彼らの横を素知らぬ振りをして通り過ぎようとしたが、背負ったリュックを摑《つか》まれそれは叶《かな》わなかった。

「避けなかったのはいいけど、無視とは感心しないな」

「無視はしてない。気づかない振りはしたけど」

彼らは面白そうに僕を見て、そして天音に視線を向けようとする。僕は慌てて、

「これ持って、先に席座ってて」

天音にトレイを渡し、とにかくここを離れるように仕向けた。

「なんだ。紹介してくれないの？　お姉さん」

清華の女子を紹介しろとうるさくてかなわないクラスの友人たちには、天音を姉だとは言ってある。

「なんで紹介する必要があるんだよ」

「いいじゃん。べつに。挨拶するぐらい」

「挨拶ね……」

「彼氏いるの？」

「……いないんじゃない」

考えてみたこともなかったが。天音がピアノ以外のことに興味を持つ姿が想像できないし、三上さんが傍にいるのを見たら、気後れして近づけそうもない。

「じゃあ、いいじゃん。紹介してくれたって」

「あーそのうちな」

「つか、あんな可愛いお姉さんがいたら、自慢しまくるけどな」

「自慢することじゃないと思うけど」

友人たちが騒ぐ気持ちもわかる。可愛いというか、綺麗というか、整った容姿なのは事実だし、自分の知り合いが褒められるのは悪い気はしないのだが、その対象が天音となるとどうも素直に受け止められない。

「あー見慣れてるから、べつにって感じなわけ？」

「そうじゃないけど」

十三年ぶりに再会した姉をどう捉えればいいのかわからないのだ。姉であることは変えようもない事実なのに、姉と称されるたびに違和感を覚える。という本心は言えず、曖昧に笑ってごまかし、話を切り上げ、天音のもとへ向かった。

「手振ってるけどいいの？」

「無視していいよ」

「そう……」

と目を伏せた天音の顔を僕はぼんやりと眺めた。

雨の降る春の夜、父と一緒に現れたのは自分と同じ年ごろの見知らぬ女の子だった。姉と言われたから、姉と位置付けしてはいるものの、離れて暮らしていた間の記憶を埋めるものがない状態で、天音を肉親と、姉だと思えというのは無理な話だ。だからこの違和感は正当なもののはずなのに、なんだか少し後ろめたいような気がしてしまう。

もちろん天音に特別な感情を抱いているわけではないが、曖昧で、不安定な関係が妙に胸をざわめかせる。

彼氏、いるわけないよな。

「どうしたの？」

「え、あ、いや、なんでもない」

僕は慌ててコーラと一緒に動揺を呑み込んだ。

相変わらず弾まない会話をぽつりぽつりと交わしていると、テーブルに置かれた天音の指が何かの旋律を辿るように動いているのに気づいた。いつも練習している曲かと思って見ていると、そのリズムは店内に流れる曲と同じだった。

「天音はクラシック以外の曲も聴くの？」

「え？　あ、たまにだけど」

天音ははっとしたように指を止めた。

「そうなんだ」

意外だなと思ったのが顔に出てしまったらしく、天音はそういう反応を予想していたのか、

「クラシック以外は低俗な音楽だっていう極端な人もいるけど、父は他のジャンルに関しても寛容な方だから」

と付け加えた。

寛容。あの人のどこにそんな要素があるのか、想像もつかないけれど。

「好きな歌手とかいるの？」

「特別って人はいないけど、よく聴くのは……」

天音が挙げた名前は僕でも知っている有名な若手の女性歌手だった。柔らかくて、透明感のある歌声で人気がある。なんとなく天音がよく聴くというのも納得できる。

天音は再び指をテーブルの上で弾ませる。そうしながら、店内をゆっくりと見回して、壁に貼られた宣伝のポスターに目を止める。おもちゃつきのセットが珍しいのか、じっくり見入っている。

「おもちゃ、欲しいとか？」

「え、べ、べつに。欲しいわけじゃないよ。子供じゃないんだし」

天音は少し拗ねたように唇を嚙む。

「そう？　結構、俺の周りにも集めてる奴いるよ」

「そうなんだ。でも気持ちわかるかも。おまけってなんか欲しくなるよね。小さいころ、お菓子についたおまけとか、集めてたな」

天音は懐かしそうに目を細める。

「お菓子のおまけ、集めるんだ」

「小さいころのことだよ」

「いや、それでも、意外ってか……結構、普通なんだな……」

「え、あ……うん。普通だよ」

天音は何故か少し嬉しそうに笑う。

ああ、そうか。きっと、特別視され、特別扱いされることが多いのだろう。

最近までは僕もそう思っていたけれど、ここ数日、一緒に過ごしてみて、天音の感覚は案外、普通だと感じた。

勉強は苦手だと零すし、ドリンク決めで悩むし、クラシック音楽以外も聴くし、おまけのおもちゃも集めるし。世間知らずな自分を恥じるし、初めてのことに戸惑うし、子供扱いに拗ねるし。

そう、少なくとも今、僕の目の前で、

「コンビニで買い物できるしな」

「なんかその言い方、馬鹿にされてる気がする」

と拗ねる天音は普通の女の子だ。

その姿がなんだか可愛らしくて、思わず笑ってしまった。それをまた馬鹿にされたと思ったのか、天音は不機嫌そうな顔になったけれど、しばらくすると表情を緩め、

「上総が笑ったところ、初めて見たかも」

と目を細めて笑った。

「俺も天音が笑ってるとこ、初めて見た」

三上さんや滝さんの前で笑う姿は何度か見ているけれど、僕の前で相好を崩したのは初めてだ。ついでに言えば、名前を呼ばれるのも初めてだ。

「お互い様か……」

天音がぽつりと呟いた声はすっと胸に溶けていく。

天音の態度につられて、僕もずっと素っ気ない態度を取っていた。彼女がその気なら、こっちもと少し意地になっていたところもある。おそらくそれがさらに天音の態度を頑なにさせていたのだろう。

僕だけが住む環境が変わって慣れない生活に戸惑っているのだと思っていたけれど、それは天音も同じなのだ。母との軋轢を抜きにしても、他人同然の見知らぬ男が突然、同じ家に住むことになったのだから、不快に思いもするだろうし、今までの生活が変わってしまうことを不安に思わないわけがない。

天音の態度がどうにかならないものかとばかり思っていたけれど、天音の気持ちを思えば、僕の方でも天音に歩み寄るべきだったのかもしれない。

まぁ、それは天音の言う通り、お互い様なのだ。

天音と一緒に帰宅してもいいと、僕は単に思いつきで言っただけだったが、天音が友部さんの迎えを振り切ったのは、もしかしたら僕に歩み寄ろうとしてくれたからなのかもしれない。と考えるのは少し都合がよすぎるだろうか。

もちろん胸の奥のわだかまりがそう簡単に消えてなくなるわけではない。

十三年の溝が埋まるわけではない。

僕の中で天音の位置付けも定まってはいない。

それでも目の前で笑う女の子のことを嫌いになれないのは確かだなと思った。


♪


屋根を叩《たた》く雨音が梅雨《つゆ》の始まりを告げる、ある夜のこと。

道に落ちたパンくずを辿って行くと、お菓子の家に辿り着くのは……。

ヘンゼルとグレーテルだっけ？　いや、あれは道しるべのパンくずを小鳥に食べられて、森で迷子になって、お菓子の家に辿り着くんだったか。それはともかく。

廊下に散らばる楽譜を拾いながら辿って行くと、辿り着いたのは真っ暗なリビングだった。

暗闇の中から小さなくしゃみが聞こえてきた。

電気を点けると、アップライトのピアノの蓋に顔を伏せる天音の姿が浮かんだ。

一瞬、その姿が母と重なり、閉じ込めていた記憶が連鎖的に思い浮かぶ。

閉じたままの蓋。伏せられたままの楽譜。動かない指。微かに唇から漏れる優しく、どこか哀しい旋律。飴色《あめいろ》の夕闇のせまる部屋の中、ひとり佇むその背中は物憂げで、儚く、母が母ではなく別の女の人に見えた。

声をかけても返事はなく、僕はただ次第に薄い闇の中に埋没していくその背を眺めていることしかできなかった。あのとき、母は何を思っていたのだろう。

僕は慌てて頭を振り、思い出した光景を振り払う。

天音に近づくと、彼女はピアノの蓋に頬を寄せてすやすやとよく眠っている。椅子の足元には僕が辿ってきた道しるべの残りが散らばっていた。

「天音」

そっと声をかけてみるが、反応はない。

さて、どうしようか。

起こして部屋へ連れて行くのが一番だけれど、朝の様子を見る限り、天音の寝起きは相当悪い。起こしたことをとがめられそうだ。寝たまま部屋へ運ぶにしても、部屋に入ったことを怒られそうだ。そんな理不尽な目には遭いたくない。

ソファにでも寝かしとけばいいか。

大人一人が横たわっても十分な広さのソファだ。座り心地は快適なので、きっと寝心地も悪くないだろう。

起こさないようにそっと気をつけながら、天音の体を抱え上げる。その瞬間、髪の毛から微かに立ち上る柑橘《かんきつ》系の香りが鼻をくすぐり、顔がほんのり熱くなった。それをごまかすように、

「ったく、こんなとこで寝てたら、風邪《かぜ》引くだろ」

意味のない悪態をつきながら、天音をソファに横たえた。そして客間から毛布を引っ張り出してきて、体にかけてやった。すると天音は毛布を肩まで引き上げ、寝返りを打ち、ほっとしたように表情を緩めた。

「……練習するつもりだったのか、な？」

練習の場所としては適当ではない気もするけれど。

椅子の足元に落ちている残りの楽譜を拾い上げる。

音楽の教科書に見る譜面とはまるで違う。細かな音符の羅列、数々の演奏記号、見ているだけで軽く眩暈《めまい》を覚えるような複雑さだ。

一体、どれだけ練習したら、この曲を弾けるようになるのだろうか。

ピアノの閉じた蓋に手を伸ばす。鍵はかかっている。

この家に来たときから、ずっと気になっていた。

毎日、綺麗に磨かれたピアノは鏡のように人を映すが、決して新しくはない。高級品でもなさそうだし、実はプレミアがついているといったものでもないだろう。それでも大切に扱われていることが見て取れる。

僕の想像はたぶん間違ってはいないのだろう。

そして、あの日、拾った銀色の鍵はこのピアノの鍵穴にぴったりと合うはずだ。

ポケットを探り、鍵を探し当てたとき、不意に微かに聴こえてきた声に手を止めた。

美しく、そしてどこか切ない旋律。

聞き覚えのあるそれは、天音の唇からそっと零れ落ちている。

眠っていても、何をしていても、いつも頭の中にはピアノの音が鳴り響いている。

天音にとっては皮肉なことだろうが、母と天音の性質はよく似ている。離れて暮していたはずなのに、ピアノが二人を繋《つな》ぎ、共鳴し合うようだ。

父と天音、そして母との間にはピアノという、音楽という繋がりがある。

それは僕と母との間にはなかったものだ。

僕は母親としての母は知っているけれど、音楽家としての母のことをほとんど知らない。僕にとってピアノは母との間を遠ざけるものでしかなかった。母を僕の知らない別人の顔にしてしまうピアノは忌まわしくさえあり、音楽家としての母に目を向けることはなかった。

けれど、この家に暮らすようになってから、ピアニストとしての母のことを無視できなくなっている。母の姿が天音を通して見えてくる。そのたびに母のことを何も知らなかったのだということを思い知らされた。

ピアノは母の人生の一部どころか大部分を占めていたのだ。それを知らずに母が本当は何を思っていたのかを知ることはきっとできないのだろう。

天音が母をどう思っているのかも……。

唇から零れていた曲が不意に途切れた。

見ると、天音の頰を涙が伝っていた。

「どうして……」

掠《かす》れた呟きが誰に向けられたものなのか。

誰を想《おも》って涙を流しているのか。

いつか問いかけることができるだろうか。

3　奏鳴曲

七月、じっとりとした梅雨が明け、待望の夏休みが始まった。

気づけばもう森川家に来て四ヶ月近くが経《た》とうとしていた。

以前とは違う生活環境に慣れたような、慣れないようなではあるが、憂鬱さはいつの間にか消えていた。


待望の夏休みだが、予定は特にない。

友人たちは毎日、部活だ、塾だとうんざりした様子だったけれど、しっかり海に行く計画なんかを立て、楽しそうにしていた。誘われたけれど、曖昧に返事をしただけだったので、きっと頭数には入っていないだろう。

毎年、盆休みには母方の祖父母のもとへ行っていたけれど、それを父に言い出すことはできず、今年は行けないと祖父母には伝えていた。夏休み後半には安斎と勉強合宿を開催することになるのだろうが、他に決まった予定は何もない。

そんなわけで、僕は昼近くまで惰眠をむさぼり、滝さんの軽い小言を聞きつつ、朝食とも昼食ともつかない食事を取ると、課題に少し手を付けて、後はゲームをしたり、マンガを読んだりという夏休みを送っていた。

夏休みに入っても天音のピアノ中心の生活は相変わらずだ。朝は少し遅く起きるようになったけれど、学校に行っていた時間がピアノのレッスン時間になった分、練習量は増えた。

その分、父の在宅時間も増えた。

だから必然、顔を合わせる回数も増えた。そう、増えたのだ。困ったことに。

あ、と思ったときには遅かった。階段を下りて、曲がった廊下の先に父の姿があった。携帯電話で話しながら、こちらへ近づいてくる。いっそそのまま通り過ぎてくれればいいものを、僕に目を止めて、歩く速度を緩める。

こういうとき、無視できない自分が忌まわしい。

「おはようございます」

目上の人にはきちんと挨拶を。そう育てられてしまった。渋々でも口をついて出る。

「ああ……おはよう……」

僕の挨拶に、父はいつも少し眉を曇らせ、挨拶を返す。

何故、眉を曇らすのか、まったく意味がわからない。

父の表情につられ、眉をひそめると、父は何か言いたそうに口を開いたが、結局、電話の向こうからの声に耳を戻し、足早に去って行った。

言いたいことがあるなら、はっきり言えばいい。と父が言葉を口の中に留めるのを見るたびに思うのだが、結局、僕もその言いたいことを言えずにいる。

父はただ義務的に手を差し伸べたのだ。だからこそ僕の生活に干渉もしなければ、事務的な言葉しかかけてこない。僕自身の思っていることなどどうでもいいに違いない。とわかっていても、父の態度に苛立ちと落胆を覚える自分が嫌でたまらなかった。

そんな夏のある日のこと。

「どこか行くの？」

ソファに身を沈め、音楽雑誌をめくっている天音に声をかけた。

リビングの扉の傍にキャリーつきのトランクと手持ちの鞄《かばん》が置かれていたので、旅行だろうと思っての問いに返ってきたのは、

「別荘」

という予想外の言葉だった。

「べ、別荘？　もしかして、う、うちの？」

「うん。上総も一緒に行く？」

しれっと言われてしまった。

「え、いや、俺はいいよ」

大体、別荘があることも知らなかったし、それがどこにあるかも知らないのだ。軽々しく行くとは言えない。

「そう。行かないの」

天音は急にひどくしゅんとした表情を見せた。そんなにひどいことを言っただろうか。と思うほどの落ち込みようだ。

「だって急に言われたってさ。準備とかいろいろ」

僕に非はないはずなのに、つい言い訳をしてしまう。

「じゃあ、後から来たら？　どうせ何も予定ないんでしょう」

数日前、夏休みの予定を訊かれ、何もないと答えた覚えはある。それならあのときに言ってくれればいいのに。別荘に行くのなら荷物の準備とか、心の準備とか必要だろう。

そもそも何故、天音はこんなに僕を別荘へ連れて行きたがるのだろうか。

以前に比べたら、天音との距離は近くなった。完全に打ち解けたわけではないけれど、普通に他愛ない会話もするようになったし、笑顔で挨拶もしてくれるようになった。

見知らぬ他人から同居人ぐらいには昇格した。とはいえ、家を離れて一緒にどこかへ出掛けるほどの気安い間柄ではない。天音にとって別荘は自宅の延長線なのかもしれないけれど。と訝《いぶか》しく思っていると、

「上総が一緒に行けば滝さんだって気兼ねなく休めるし。ねぇ、滝さん」

お茶の用意をしてやって来た滝さんに天音は同意を求める。

「いえ、いいんですよ。お嬢様。お休みなんて頂かなくても」

というやり取りの意味が僕には理解できない。

「どういうこと？」

「毎年二週間、わたしが別荘に行ってる間、父も旅行に出掛けて家に誰もいなくなるから、休みを取ってもらってたの。でも今年は上総がいるからお休み返上で来てくれるって」

「え、そうなの？　滝さん」

滝さんは少し困ったような表情で曖昧に頷いた。

「だから上総、あなたもいらっしゃい」

有無を言わさぬ口調。深くたたえられた優美な笑み。

頷く以外、他に何ができただろう。


その日の夜、僕は着替えと夏休みの課題と、読みかけの本などをスポーツバッグに無造作に詰め込みながら、別荘での日々に思いを巡らせた。

とある有名な高原の別荘地の一画にあるという森川家の別荘がどんなものなのかはさておき、別荘での二週間を一体、どう過ごせばいいのだろう。

天音は何をして過ごすつもりなのだろう。

唐突な誘いに、ただ頷くばかりで、あまり詳しいことを訊けなかった。食事だとかそういうことは、管理人さんに任せてあるから、心配はいらないそうだが。

なんとなく普段とは違う場所で過ごすことに不安な気持ちになる。

家では滝さんや三上さんがいて、僕たちを姉弟として見ているから、それらしい付かず離れずの距離を上手く保てているような気がするけれど、二人がいないとなると、やはり勝手が違ってくる。

この先も一緒に暮らしていくのだから、この機会に、もう少し天音のことを知りたいような気もするけれど、一歩踏み込んで、十歩以上、後退されたら元も子もないわけで……。いや、それよりも、何よりも。

天音と二人きり、か。

それを考えた途端、やけに深いため息が漏れた。

何か特別なことが起こるわけもない。それでも少し落ち着かない気分になって、結局、心の準備はできないまま、眠りについた。

♪

次の日の朝、滝さんに見送られて家を出た。

別荘まで車を運転するのは三上さん。いつものスーツ姿ではなく、紺色の長袖のシャツにジーンズというラフな格好だった。それでもきっちりとした印象は崩れない。それが三上さんのすごいところだ。彼は僕たちを送った後、休暇を取るのだそうだ。

玄関先には父のものであろう大きなスーツケースが置かれていた。行き先はドイツ。休暇での旅行ではなく、仕事関連のスケジュールが詰まっているらしい。仕事中毒というのか、父の場合、音楽中毒というのか。

　この二週間が天音自身も含め、天音を取り巻く人々に許された休暇なのだろう。あの家に僕が残れば、滝さんは休みを返上して来てくれたのだろうし、もしかしたら三上さんの休暇もなくなっていたかもしれない。天音の強引な誘いに釈然としないものを感じていたけれど、天音なりに気を遣ったのだと納得がいった。

　車は都心の喧噪《けんそう》を抜け、高速に乗り、スピードを上げる。天音は車の後部座席を倒して小さなブランケットにくるまり、目を閉じていた。

　僕はその横でぼんやりと流れて行く景色を眺めていた。時折、運転席の三上さんが気を遣って、僕に話しかけてくる。その声も次第に遠くなっていった。そして気づいたときには、天音がくるまっていたブランケットは僕の体を覆っていて、車は白樺《しらかば》が立ち並ぶ回廊をゆったりとした速度で進んでいた。


　森川家の別荘は、洋風の別荘が建ち並ぶ界隈《かいわい》から、少し離れた場所にあった。

　こぢんまりとした白い壁の二階建ての建物。自宅に比べると、規模は小さく、質素な建物だったことに少し安堵《あんど》する。プールとか、テニスコートとかいったものもなさそうだ。

別荘では管理人の夫婦が部屋の支度を整え、笑顔で迎えてくれた。朝食と昼食は用意してあるパンなどで済ませ、夕食は毎日作りに来てくれるそうだ。洗濯と掃除は二日に一度、他に何か困ったことがあったら連絡して欲しいと三上さん経由で電話番号を渡された。

三上さんは天音に二言三言注意をすると、二週間後に迎えに来ることを告げて去って行った。

彼を見送り、家の中に入ると、天音はすっと廊下の先に向かって歩いて行った。その足取りは普段よりもかなり軽い。

そんな天音の背を追い、声をかける。

「天音は何するの？　ピアノの練習以外に」

普段は練習時間や曲目が細かく決められ、いろいろと制約があるらしいのだが、この二週間だけは時間を制限されることなく、曲目を指定されることもなく、好きなだけ、自由にピアノを弾くことが許されているそうだ。だから、毎年、別荘に来るのをとても楽しみにしているのだと、先ほど教えてもらった。その他には何をして過ごすのだろう、という意味の問いかけだったのだが。

「何って、ピアノを弾くの」

当然でしょう、という表情をされた。

時間の制限がないということは、つまり天音の気が済むまでということなのだ。

天音は廊下の突き当たりにある白い扉の前で足を止める。

「ここが練習室」

と開けた扉の先には白い壁と白い天井、光沢のある茶色い板張りの床の広々とした部屋が広がっていた。部屋というより、そこは空間といった方がぴったりだ。

広い窓は青々と茂る森を縁取り、自然の絵画を作り上げている。その部屋の中央に黒光りするグランドピアノが置かれている。他に調度品はなく、ピアノだけが置かれた長方形の部屋は外の景色も含めた現代的な芸術作品のようにも見えた。

「すごいな」

天音の表情が緩やかに綻ぶ。弾むような足取りでピアノに近づいて行き、ゆっくりと周りを辿る。そして、鍵盤の蓋を開ける。白と黒の鍵盤が姿を現した瞬間、天音は満面の笑みを見せた。

「荷物、どうする？　部屋に運んでおく？」

「自分でやるからいいよ。上総はゆっくり休んで」

その口調から、早くピアノを弾きたくて仕方ないという気持ちが伝わってきた。

「わたしのことは気にしなくていいから、ね」

いつにない嬉しそうな笑顔に圧倒される。

天音は椅子に座ると、背筋を伸ばし、綻んでいた口許をさっと引き締めた。軽く鍵盤を弾《はじ》き、目を伏せて、その音の響きを確かめる。

初めて見る天音の真剣な表情に胸が微かに疼いた。

天音はもう僕の存在など忘れている。

「じゃあ、何かあったら、声かけろよ」

聞こえていないのだろうな、と思いつつも、その背に声をかけると、音を立てないようにゆっくり扉を閉めた。


♪


夏休みを別荘で過ごす。

なんてセレブな響きだろう。

エアコンの壊れた部屋で、汗をだらだら流しながら過ごした去年の夏休みが嘘のようだ。

開けた窓から吹き込んでくる風は都会のそれとはまるで違い、清々《すがすが》しい、さわやかな木々の香りを運んでくる。

足を伸ばせばホテル、ペンション、レストラン、みやげ物店などが並ぶ、いわゆるリゾート地と呼ぶに相応《ふさわ》しい光景に辿り着く。そこから少し離れたところに私設の美術館や博物館、テニスコートやプールを備えたスポーツ施設がある。と、なんの予備知識も持たない僕に三上さんは丁寧に説明してくれた。自転車の鍵も渡されていたけれど、まだ一度もそこへ足を運んではいない。

さすがに日中の日差しは強いので、敢えて人で賑《にぎ》わう場所へ出向いて行く気にはなれなかった。涼しくなった時間に散歩に出る以外、ほとんど別荘の中にいて、課題をやったり、本を読んだり、特に何をするでもなく、のんびりと流れて行く時間にただ身を任せるように過ごした。

家にいるときと過ごし方はさして変わらないのだけれど、場所が変わったせいか、なんとなくほっと一息ついたような気分になった。

最初のころに比べればずっと生活しやすくなり、肩もこらなくなったと思っていたけれど、家を離れてみると思いの外、緊張していたのだということに気づいた。家にいるとやはり父の存在を意識してしまうし、滝さんにも、三上さんにも、天音にも気を遣ってしまう。

けれど、ここでは誰にも気を遣う必要がない。天音に対しても。

天音は天音で自分のペースで好き勝手に生活していて、練習室にいることが多く、顔を合わせることがほとんどない。

家にいるとき、天音の生活は規則正しく三上さんによって管理されているけれど、ここでは何も守る必要がない。好きなだけピアノを弾き、好きな時間に食べて、眠ることが許されている。ここでの生活を天音は満喫しているようだ。

僕の方も自分のペースで生活し、のんびり、ゆったりと一週間を過ごした。けれど次第にのんびりと過ごすということに退屈し始めていた。

一方、天音は一週間経っても飽きることなくピアノを弾いている。時々、散歩に出掛けたり、庭でくつろいだりしていることはあるけれど、そんなときでも天音の指は頭の中にある鍵盤を追いかけている。

自由にピアノを弾けることを楽しみにしていたというから、なるべく天音に声をかけないようにしていた。けれど退屈な僕は何度か誘惑に負けて、庭でくつろいでいる天音に声をかけた。

「ピアノの音って結構、違うんだな。ピアノなんてどれも同じ音だと思ってたけど、学校に置いてあるピアノと音が全然、違う」

そんな当たり前の、比べることが無粋なぐらいの、返事がなくてもいいぐらいのことだったけれど、本当に返事がないことに落胆した。

ピアノに、音楽に完全に身を浸している。

家にいてもそんな場面に出くわすことはあったが、これほどピアノにのめり込んでいる天音の姿を近くで見るのは初めてだったので、動揺を隠せなかった。

家では廊下で隔たれ、完全に遮断されていたそれが、扉一枚隔てただけの場所にあるのだ。

昼間は開け放たれた窓や扉から音が聴こえてくるし、夜でも時折、漏れ聴こえてくる。扉の透き間から中をのぞくと普段とは違う、別人のような天音の顔が見える。

ピアノの音に背筋がぞくぞくと粟立《あわだ》つ。

ピアノに向かう横顔に胸がじくじくと疼く。

聴きたくないと思う。見たくないと思う。けれど、こんなにピアノが近くにあって、耳を塞ぎ、目を逸らし続けることは不可能だった。

耳を塞いでも否応なく響く音。

目を逸らしても感じる指使い。

音階を軽やかに、滑らかに駆け上がって行く指が見える。

そのうち僕は抵抗することを諦め、耳をすませ、音を拾った。

天音が紡ぐ音色は格調高く、力強かった。曲目のせいもあるのだろうが、柔らかな印象の顔立ちや華奢な体型からは想像できないぐらいの強さを秘めた音色だった。高らかに鳴り響いた余韻がずっと胸に残り続けるような印象的な音。空気の振動が直接伝わるように、胸の奥の深い部分を震わせる。

これまで音楽を聴いて感動することなどないと思っていた。

けれど……。

天音が奏でる音色に心が揺れるのを抑えることはできなかった。


♪


持って来た夏休みの課題は容量の少ない僕の頭から答えを引き出せる範囲内では片付いてしまっていた。本を読むのにもすっかり飽きてしまった。やることのなくなった僕は二階の部屋の窓からぼんやり庭を眺めていた。

盛夏を彩り、いつも上を向いている黄色い花は、このところの猛暑にうんざりしてしまったらしく、頭《こうべ》を垂れてしまっている。地面は乾き切って、空は澄み切っている。

いくら夏の花でもこの日照り続きでは枯れてしまいそうだ。

庭の手入れは管理人のおじさんがしてくれるというけれど、おじさんは普段みやげ物屋の店主をしているので、毎日来てくれるわけではない。

水やりでもしようかな、と庭へ向かった。

「水やりなんて必要ないよ」

ホースを蛇口にセットして、さぁ、放水だ、と勢い込んだところへストップがかかった。振り向くと、練習室の窓から天音が顔を出していた。

ノースリーブのワンピースからのぞくむき出しの肩が、陽光を浴びて一層、白くぼやけて見える。普段、隠れている部分の肌の白さを目の当たりにして、少し目のやり場に困った。暑さとは違う熱を頰に感じ、慌てて顔を背けた。

「水やらないと枯れそうだよ」

「大丈夫。そのうち雨が降るから」

「え？　嘘だろ」

振り仰いだ空は澄んだ青色をしていて、どこを見回しても雲一つない。燦然《さんぜん》と輝く太陽は誇らしげに地上を照らし続けている。雨が降る気配はどこにもない。

「嘘じゃないよ。湿度が変わったから」

僕が首をひねると、天音は少し得意げに微笑む。

「湿度が変わればピアノの音も変わるの。木材は湿気を含みやすいでしょう」

天音の耳は音の変化に敏感だ。微細な変化にも気づくと話には聞いていたけれど、そんな変化までわかるものなのか、と感心した。


天音の言う通り、五分後には雨になった。

雷鳴轟《とどろ》く、激しい土砂降り。曇天から絶え間なく大きな雨粒が落ち、地面を叩いた。

僕は自転車で坂を上ってやって来る管理人のおばさんを思い、今日は来なくてもいいと電話を入れた。

朝食用のパンが残っているし、冷蔵庫にも野菜やベーコンなんかが残っているので、サラダとスープぐらいは作れる。食の細い天音のことだ。きちんとした豪華な食事ではなくても文句は言わないだろう。

迷ったけれど、一応、食事の用意ができたことを天音に告げた。するとすぐに天音は食卓に顔を見せた。僕が意外そうな顔をしていると、ちょうど、お腹がすいたのだと肩をすくめた。

「すごいね。料理できるんだ」

食卓に並んだものを見て、天音は感心したように言った。

「べつにすごくないって。簡単なものしか作れないんだから」

サラダにじゃがいもとタマネギのコンソメスープ。サラダは野菜を切って盛りつけただけ、スープは野菜を切って煮込んだだけ。特別なことはしていない。

「すごいよ。わたし、料理ってしたことない」

「滝さんみたいな人が家にいたらそうだろ」

あの家を出るまで、母だって家事など一切したことがなかったのだから。それにピアニストの卵の指を守るのが滝さんの役目なわけで、指を危険にさらすようなことをさせるわけがない。

「あ、でも、学校の調理実習とかってどうしてたの？」

刃物を一切使わないとなると回って来る役目は……。

「盛りつけ係」

「いいね。楽で」

天音は曖昧に笑う。

「俺だって必要ないんだったら、作ったりしなかったよ」

普段は母が食事を作ってくれたけれど、演奏会前になると練習に没頭するようにな り、食事が用意されることがなくなってしまった。弁当を買って来ることもあったけれど、いつからか仕方なく自分で作るようになった。カレーとか、シチューとか、簡単なものだ。叔父と暮らすようになってから、品数は増えたけれど、必要だったからするようになっただけで、特に好きだとか、得意だというわけではない。

「天音もやってみればできるって」

天音と同じようにピアノ一筋の母にだってできるようになったのだから。

「どうかな。わたし、何もできないんだよね。運動も苦手だし、勉強も嫌いだし」

目を伏せ、「何もできないの」と繰り返す。口許が卑屈そうに歪む。

「だけど天音はピアノ弾けるだろ」

他のことができなくても天音にはピアノがある。ピアニストを目指しているという確固としたものがある。僕ができることといえばどれも普通のことで、どれも中途半端だ。自信を持ってこれが得意だといえるものはないし、天音ほどの情熱を持って打ち込めるものは何もない。

ここへやって来て、ピアノを弾く天音の姿を直に目にするようになって、焦燥感をかき立てられた。何か一つ目標を持っているのと、何もないのとではこんなに差があるのかと情けなくなった。

「天音の方がすごいだろ」

褒めたつもりだったのだが、天音は何故かうつむいてしまった。

「すごくないよ。わたしなんて。わたしは……病気なの……」

病気？　訊き返すと、天音は「なんでもない」と首を横に振り、話を切り上げてしまった。


窓が揺れるほど強い風が吹いている。

雨音は絶え間なく、耳に響いてくる。

木々のざわめきに呼応するように胸がざわついて落ち着かない。

病気なの。

天音の消え入るような声がふと思い出される。どういう意味なのだろう。細くて華奢で、か弱そうに見えるけれど、三上さんの体調管理の賜物《たまもの》か、健康体だし、意外に体力もある。話の流れから考えても、実際に疾患を抱えているというわけではなさそうだ。それにしたって気になる言い方だった。

何度も寝返りを打っているうちにだんだんと目が冴《さ》えてきてしまった。眠ることを諦めてベッドを抜け出した。足音を忍ばせて階段を下りる。雨音に紛れ、ピアノの音が聴こえてきた。

扉の透き間から漏れる微かな光に、僕の足は吸い寄せられるように動いた。

明かりを抑えた薄い闇の中で、天音はピアノを奏でていた。そっと優しく、囁《ささや》くように。雨音にかき消されてしまうような儚い音色。輪郭のぼやけた天音の姿はその音色と同じく、消えてしまいそうなほど儚く見えた。昼間、練習室で見かける顔とはまったく違う、憂いを孕《はら》んだような表情に胸が微かに疼いた。

ピアノの音色に耳を傾けているうちに風は凪《な》ぎ、雨音は遠く感じられた。ピアノの音色だけが室内を満たし、耳を震わす。

閉じた瞼の裏に浮かぶのは夜の闇を抱き、月を映す湖面の情景。冴えた静寂をまとう夜。

「上総?」

怪訝そうな声に、はっと我に返った。

いつの間にかピアノの音が止んでいる。

雨音が耳に返って来る。雨はまだ激しく降り続いて、風はうなりをあげ、木々を大きく揺らしていた。

「どうしたの？」

まだ少しぼんやりしている僕を天音は不思議そうに見ていた。

「いや……なんか眠れなくて」

「そうだね。すごい雨だよね。風もうるさいし」

「あ、ごめん。邪魔したな」

「ううん。わたしも眠れなくて、なんとなく弾いてただけだから」

「そっか。じゃあ、俺……」

部屋に戻ると言いかけた言葉が喉の奥に詰まる。天音が僕を見ていた。ここへ来てから向けられることのなかった視線が絡み、体の奥が微かに熱を帯びる。

天音は何か言いたげに唇を動かしたが、そこから声が漏れることはなく、うつむいた拍子に耳にかけていた長い髪が落ち、その表情を窺うこともできなくなってしまった。

天音はうつむいたまま、動かない。沈黙が息苦しくて、必死に言葉を探した。

「今、弾いてたのなんて曲？」

「……『月光』」

天音は窓の外に視線を向け、選曲間違ったね、と肩をすくめた。

雨の降りしきる暗闇の中に月明かりは見えない。けれど、さっきは見えたような気がした。引き込まれるというのはそういうことなのだろう。

「本当に何も知らないんだね」

ふと零れ落ちた天音の声がやけに大きく響き、胸を突く。

そう、母は何も教えてくれなかった。

「あ、ごめん。馬鹿にしたわけじゃないから。知らない人の方が多いし」

天音ははっとしたように僕を見て、慌てたように付け加える。

「それに耳はいいよね？　ピアノによって音が違うのわかるし」

数日前声をかけたとき、反応は何もなかったが、耳には届いていたようだ。

「そうかな？　自分では全然わかんないけど」

「きっと自然と身についたんだね」

嬉しいような、切ないような事実に胃の辺りがきゅっと縮こまる。

母は僕から音楽を遠ざけようとしたけれど、自分自身は離れられなかったのだ。あの家にいた三歳のころまでは音楽漬けの生活だったのだろうし、古いマンションに移り住み、ピアノの音がなくなってからも母の口ずさむ音楽は聴いていた。思えば僕の周りには常に音楽があった。ただそれに耳を傾けていなかったのだろう。

「だから案外、才能あるかもよ」

天音は気まずくなってしまった空気を振り払うように明るく言って、僕の方へ近づいてくる。

「天音に言われてもな」

「いいから教えてあげる」

と天音は僕の腕を摑む。ひんやりとした指先の感触に何故か触れられた部分が熱くなる。夜だからだろうか。感情の揺れが不安定で、なんだかざわざわする。

僕の戸惑いなど知らず、天音は僕の腕を摑んだまま、ピアノの前まで引っ張って行く。そして半ば強引に椅子に座らせた。

「曲は何にしようか？」

と問われても困るけれど。曲か……。

「そういえば、天音が前に廊下にまき散らしてた楽譜、あれってなんて曲？」

「あれは……夜想曲《ノクターン》……ショパンの」

天音は軽く旋律を辿る。それはあの夜、天音の口から零れていた旋律と同じだ。そして、それはよく母が口ずさんでいたものでもある。

「知ってるの？」

「知ってるっていうか、ちょっと聴き覚えがあるぐらいだけど」

「そう……じゃあ、この曲にしようか」

天音は僕の手を取る。ふと何か甘い香りが鼻をくすぐる。

少しどきりとして、天音を見ると、何故か切なげに揺れる瞳と目が合う。

どうしてそんな表情をするのだろう。

涙は見えないのに、泣いているように見える。

なんだか胸がきゅっと苦しくなる。

「天音……」

思わず天音の手を握り返しそうになった瞬間、閃光《せんこう》が走った。

はっとすると、ピアノに自分の姿が映り込んでいた。なんとなく後ろめたい気持ちになり、慌てて立ち上がった。

「やっぱり天音が何か弾いてよ」

と促すと、天音は表情を戻し、椅子に座った。そして少しためらいつつ、軽く音を鳴らした。曲というよりは思いつくままに指を鍵盤の上で遊ばせているという調子なので、話しかけても平気だろうと思い、さっきから気になっていたことを訊いてみようと口を開いた。

「あのさ……」

「ねぇ……」

同時に口を開き、顔を見合わせる。

「何？」

「いや、いいよ。天音からで」

「ううん。いいの。大したことじゃないから」

首を横に振り、言葉を呑み込んでしまった。

「上総は何言いかけたの？」

「え、ああ。さっき、夕食のときに言ってた病気ってどういうこと？」

「え？　あ、違うの。本当に病気ってわけじゃなくて……」

「だからどういう意味だったのかなって思って」

天音は鍵盤に添えたままの指先に視線を落とした。

「……ピアノをね、弾いてないと不安なの……」

学校へ行っても時間があれば音楽室に潜り込んでピアノを弾いていた。ピアノの前から離れるのが怖くて、学校に行けない時期もあった。寝るのも、食事をする時間も惜しくて、眠らず、何も食べないで練習をしていたら倒れそうになったこともあった。

天音は静かな声で淡々と話した。うつむき加減の横顔には自嘲のようなものが滲んだ。

「最近は落ち着いたんだけど」

確かに学校には行っているし、睡眠も食事もとっている。三上さんが事細かに天音のスケジュールを管理しているのはそんな過去があったからなのだろうか。

「やっぱり頭の中ではピアノのことを考えてて」

授業中でもピアノのことを考えてぼんやりしているから、先生に怒られてばかりで呆れられ、注意もされなくなった。クラスで仲のいい子ができても話が合わないから、しばらくすると離れて行ってしまう。

「それでもわたしはピアノから離れられないの」

何か痛みを堪《こら》えるような表情で、ピアノの鍵盤を弾いた。そして、その音にかき消されてしまいそうな弱々しい声で呟いた。

「ピアノがないと生きていけないの」

冷蔵庫からペットボトルの水を取り出して、火照った頬に押し当てた。ひんやりとした感触が気持ちいい。練習室は適度に冷房が効いていて、暑いとは感じなかったのに、体が火照るような熱を帯びていた。この喉の詰まるような感じや胃の重苦しさは、なんなのだろう……。

ペットボトルの口をひねり、一気に水を体内に流し込んだ。口許からたれた水滴を手の甲で拭って、深く息をつく。喉が詰まっていたのは、喉が渇いていたからで、胃が重苦しいのは、きっと食べ過ぎたからだ。自分自身にそう言い聞かせる。

「病気でしょう。変だよね。わたし」

卑屈に口の端を歪めた天音の顔を思い出した。

別荘に来てから一日十時間以上、寝る間も惜しんでピアノの練習に打ち込む天音の姿を間近で見ているだけに、その差に違和感を覚えた。

ピアノを弾いているときの天音は、他の無駄なものが入り込む余地がないぐらい真剣で、自信に満ちていて、力強く、圧倒されてしまうぐらいだ。技巧的なことはわからないし、良否を聴き分けるような素養はない。それでも天音の演奏は上手いと思う。決して片手間ではなく日々、何時間という練習を積み重ねてきた人の音だとわかる。確かに聴く人が聴けば物足りない演奏なのかもしれない。天音自身、自分の演奏には納得していないのだろう。だからこそ、多くの時間を練習に費やす。それはもっと上手に、もっと自分のイメージするように弾きたいという天音の向上心がそうさせるのであって、病的には見えない。

けれど天音は病気だと卑屈に笑う。ピアノを弾く以外、他に何もできない自分を恥じるように。ピアノに向ける熱意を厭《いと》うように。

誰かに言われたことがあるのだろうか。

病気だと。変だと。

ピアノに向かう天音には超然とした雰囲気があり、他人の言葉などまるで意に介さないかのように見える。確固たる目標を持ち、邁進《まいしん》する彼女が揺らぐことなどないと思っていた。

けれど、自嘲する横顔は彼女の年齢が自分と一つしか違わないのだということを思い起こさせる。他人の心ない一言に傷つくこともあるのだと揺らぐ瞳が語る。

ピアノを離れたときに、ふと見せる儚げな笑みが、胸をざわめかせる。

母とどこか重なる面影に不安を覚える。

病気。それは確かにそうなのかもしれない。

ピアノに支配される病。

「ピアノがないと生きていけない」

それは天音の紛れもない本心だ。

誰が何を言おうと、彼女はピアノを弾き続けるのだろう。

ピアノに向かった彼女たちには誰の声も届かないのだから。


雨は降り続いている。

風はうなりをあげる。

練習室から流れてくる曲はピアノ奏鳴曲『テンペスト』。

嵐の夜にうってつけの曲は、僕の胸をかき乱した。

4　円舞曲

永遠に夏が終わらないのではないか。そんな危惧さえ抱かせるほど、九月を迎えても、猛暑と呼ばれる夏は居座り続けた。シャツの襟元をバサバサとやって風を取り込んでも、動いた分の熱量が暑さに還元され、乾いた汗はまたすぐにじっとりと滲み出した。

そんな熱帯である教室を抜けて、僕と安斎は天文部の部室に避難していた。元は理科系の教師陣が準備室として使っていた教室のため、冷暖房完備という贅沢な部室なのだ。

僕は滝さん手製のコロッケパンを食べながら、安斎に夏休み二週間の音信不通の理由を問われ、天音と別荘に行っていたことを話した。

安斎には夏休み中にも何度か会っていたのだが、思えばそのたびに何かを訊きたそうにしていた。新生活が始まって、いろいろ思うところもあるのだろうから、と質問を控えていたらしいのだが、本人曰く、ついに我慢も限界にきたそうだ。話してみるとなんてことはない。家に携帯電話を置いて、別荘へ出掛けてしまったのだ。家に帰って、安斎の着信履歴に気づいたときには、数日が経ってしまっていた。心配されていたとは知らず、ただ、何か用だったの？　と返しただけだった。

「高原の別荘か。優雅だなぁ。誘ってくれりゃよかったのに」

「俺だって行く前日に言われたんだよ」

「ふーん。プールとかあんの？」

「ないよ。テニスコートもないからな。あるのはピアノの練習室だけ」

「さすが音楽一家の別荘だな。ってか、おまえはそんなとこで何やってたの？」

「課題やったり、本読んだりしてたけど」

最後の二日間は本格的にすることがなくなってしまい、部屋でゴロゴロして、辺りを散歩して、それにも飽きると練習室へ行った。

扉を開けて中へ入って行ってもピアノを弾いているとき、天音はそれに気づかない。曲を弾き終わるとようやく僕の存在に気づくものの、特に何かを言うこともなく再び練習へ戻ってしまった。いつも通りの天音だった。

あの嵐の晩、痛みを堪えるかのように笑った天音の姿はどこにもなかった。けれど、気がかりは消せなかった。

ピアノの練習に没頭するあまり、その他のことがおろそかになる。ピアノに向かう天音の姿勢は母のそれによく似ていた。

プロのピアニストとしての母の姿は知らないが、たとえ聴衆が、耳が遠くなって聞こえているのかどうかもはっきりしないようなお年寄りでも、一分たりともじっと座っていられないような子供たちでも、演奏の手を抜いたりすることはなかったと思う。普段は働いていた音楽教室の練習室を借り、休日もどこかの練習室を借りて練習をしていた。

演奏会間近の数日間、帰宅は深夜を過ぎ、朝も僕が起きるのとすれ違うように家を出て行った。食卓には食べかけのトースト一枚と空のマグカップ。前日に着ていた服がソファに脱ぎ捨てられているのを見ると、着替える余裕はあったのだと幾分ほっとした気持ちになるぐらい。母は寝食を忘れ、ピアノの練習に没頭した。そして演奏会が終わると、緊張の糸が切れるからなのか、よく体調を崩していた。

そんなとき、母は自分を厭うように笑った。ごめんね、と。数日間、僕をほったらかしにしていたことへの罪悪感を滲ませ、少し寂しげに笑うのだった。そんな母の表情は、病気なのだとうつむいた天音に似ていた。

三上さんや滝さん、そして父によって守られている天音のことを部外者である僕が心配する必要はないのかもしれない。けれど……。

天音と母は違う。わかっていても、時折、重なる二人の姿に胸は鈍い痛みを覚え、後悔を募らせていく。

「なぁ、つまり、二週間、二人きりだったたってことか？」

「まぁ、そうかな。管理人さんがご飯作りに来たりはしてたけど。天音はほとんど練習室にこもりっぱなしだったから……」

と言いながら、安斎の言わんとすることに気づいて、少し動揺してしまった。触れた指先の冷たさや甘い香りを思い出して、頬が熱くなった。

「何、赤くなってんの？」

「あ、赤くなってないし。何もないからな」

「怒るなよ。何も言ってないだろ」

「言いたそうにしただろ」

安斎が下衆《げす》な勘ぐりをしてしまう気持ちはわからなくはないが。

「天音とは姉弟なんだからさ」

そうだ。姉弟なのだ。

「わかってるって。冗談だよ。そんな怒んなって」

安斎は呆れたように笑って、僕の肩を叩いた。

「しっかし、ほんと森川家、金持ちなんだな」

「だろうね」

未だ他人事のような気がしてしまうけれど、天音が夏の間の二週間を過ごすためだけに、あの別荘は維持、管理されているのだ。本当のお金持ちでなければできるようなことではない。自分の家のことながら、改めてそのすごさに感嘆してしまう。

森川家は代々音楽一家で、南の島で優雅に隠居生活を送っているという祖父は指揮者だったというし、祖母も音楽の先生をしていたという。父の兄弟や親戚も、演奏家や作曲家、音楽プロデューサー、職種は様々だがなんらかの形で音楽に携わっている人が多いらしい。父が経営する音楽教室も元々は父の伯父《おじ》が経営していたもので、父はそれを引き継いだそうだ。

自宅にしても、別荘にしても、音楽を中心として建物が造られている。別荘では練習室が一番広い部屋だったし、自宅は練習室のある別棟の方が広い。

庶民の僕からすると金持ちの道楽にしか思えないのだけれど、ピアニスト、延《ひ》いては世界的にも活躍できるピアニストを育て上げようとしている人にとっては必要な環境なのかもしれない。

母があの家を出て、僕と共に移り住んだのは古いマンションの二階の部屋だった。壁は薄く、窓を閉め切っていても隣の部屋の生活音が漏れ聞こえてくるようなところだ。母が音を出して練習を始めてほんの数分で苦情が来た。結局、母はピアノを手放し、家で練習することをやめてしまった。

過去の偉大な作曲家が作った名曲でも、どんなに有名な演奏家が演奏した楽曲でも、それを心地いいと思わない人が聴けばただの雑音だろうし、苦情の対象にもなる。

あの家は演奏家を志している人にとって理想の環境なのだろう。そんな環境下で生活している天音はかなり恵まれている。父が指導しているのは天音だけだというし、あの練習室を使用しているのも天音だけなのだ。

音楽家として理想の家。理想の環境。

母はどうしてあの家を出たのだろう。

あの家に暮らすようになってからそんな疑問が浮かんだ。

仲のいい親子に見られていたし、実際そうだった。母の愛情は確かに感じていたし、信頼し合っていた。父親がいない不自由は時折あったけれど、それを不幸だとは思わなかった。幸せだったと僕は思う。けれど、母はどうだったのだろう、とふと思うことがある。

　母は働いていたし、少なからず父の援助というものもあったのだろうから、経済的な面で困るということはなかった。叔父の手助けもあって生活的にも安定していた。しかし母は精神的に苦しんでいたように思う。特に演奏者という側面で。

　自分で言うのもなんだが、僕は手間のかからない、いい子だった。それでも子供を育てていくのは心配ごとも多く、大変なことだろう。僕の学校の行事だとか、ＰＴＡの役員だとか、そういうものもきちんとこなそうと奮闘していた。料理は不得手とは言いつつも何かしら母が作ったものが並んでいたし、掃除や洗濯といった家事もこなしていた。そして、仕事、さらには自分のピアノの練習と、やらなければならないことは山積みだった。

　家事に育児に仕事。それまでピアノに注ぎ込んでいた時間をそういったものに費やさなければならなくなった。まるっきり違う生活に戸惑いは大きかっただろう。

　ピアノを練習するにも時間や場所に苦慮し、思うようにピアノが弾けないことにもどかしさや苛立ちを感じていたはずだ。そして、僕に対しては多少の罪悪感を抱いていた。

　父がいい夫だったかどうかはわからない。両親の間には子供には語れない複雑な事情があったのかもしれない。だが少なくとも、ピアニストとしての母には必要な人だったはずなのだ。あの家にいれば誰に気兼ねするでもなく、何かに制限されることもなく、好きなだけピアノを弾いていられたのだから。

それを母はどうして手放したのだろうか。

♪

日曜日の昼下がり、僕は自室でぼんやり世界史の教科書を眺めていた。

九月下旬の前期末試験を一週間後に控え、勉強しようと思ったのだが、歴史的大事件は僕の日常とあまりにかけ離れていて、少しも頭に入ってこない。

お茶でも飲んで一息つこうと、キッチンへ向かうと、その途中、三上さんに出くわした。

「あれ、三上さん、今日、休みなんじゃないんですか？」

「はい」

じゃあ、どうして森川家にいるのかを訊くのは、愚問というものだろう。

三上さんの休日は日曜日と決まっているらしいけれど、天音に呼び出されるのか、父に何か仕事を申し付けられるのか、休みの日でもちょくちょく顔を出している。休む間もないのではないかと思うぐらい働いている。

しかもそこまで三上さんに任せてしまうのかということまで頼まれている。それでも彼は天音の要求に応え、父の指示に従う。決して仕事を強《し》いられているという素振りはないので、いいのかもしれないけれど。

「大変ですね、休みの日も仕事なんて」

「いえ、大変ではありませんよ。必要とされているということですから」

マネージャーの鏡のような発言だ。そんな風に考えられるなんて、

「すごいですね」

思わず感心してしまうと、

「そんなことありませんよ」

と三上さんは謙遜する。

そんな姿ですらなんだか完璧な気がしてしまう。一体、どういう経歴を経たら三上さんのようになれるのだろうか。口調や身のこなしの上品さから、育ちの良さは簡単に見て取れるけれど、プライベートは未だ謎に包まれている。

三上さんって、彼女いないのかな。かなりもてそうだけど。でも、休日潰して天音

のもとに駆けつける三上さんを毎回、許容できる女の人って……いない気がするな。

三上さんの彼女について自己解決してしまった僕は、別の質問を向けることにした。

「三上さんはやっぱりピアノやってたんですか？」

「ええ、まぁ、多少は」

避けたい話題だったのか、彼にしては珍しくどこか歯切れの悪い口調だった。訊いてはいけなかったのかと少し気まずい思いがした。そんな僕の思いを察したのか、三上さんはすぐさまいつも通りの穏やかな表情に戻った。

「上総さんはピアノ弾かれるんですか？」

「全然です。他の楽器もできません」

と言うと、三上さんは意外そうな顔をしたので、先回りをして続けた。

「教えたくなかったみたいなんですよね。ピアノ。音楽にあんまり関わって欲しくないって思ってたみたいで」

「そうですか。お母様にも何かお考えがあったのでしょうね」

母が何を考えていたのか。それを知ることはもうできないのだと思うと胸が微かに疼いた。

「三上さんは母のこと知ってるんですか？」

「いえ、面識というほどのものは。演奏されている姿を拝見したことはありますが」

「え？　ピアニストだったころですか？」

三上さんは何故か曖昧に笑うだけで、答えを濁した。

「ＣＤも何枚か出されていたんですよ。ご存じでしたか？」

「あ、はい。聴いたことはないですけど」

「そうですか。もしお聴きになりたければいつでも仰ってください」

「はい……」

「それでは、私はそろそろ」

三上さんはすっと背筋を伸ばし、丁寧に頭を下げると、練習室の方へ向かって歩いて行った。

父の会社の社員の中でも三上さんは特殊な地位にいるのだろう。何せ社長の愛娘のマネージャーなのだ。森川家のプライベートな部分にまで分け入り、公私混同きわまりないような仕事まで任されている。

僕を引き取るという父の意向も三上さんを通して伝えられたのだ。叔父は直接、父と話をしたようだったが、僕はあの春の夜の会食の日まで一度も父とは話さなかった。いつも三上さんが間に入り、様々なことを決めていった。

もしもあのとき、父と会って話をするとか、電話で話をするとかいう機会があったら、違った選択をしていたのではないかと、ふと思うことがある。

父と面と向かうのは気まずいだけだし、今更何を言うのだと反発する気持ちはもっと強かったはずだ。父が直接、会いに来ないことに釈然としない気持ちはあったが、三上さんが間に立つことで父の姿は遠のき、冷静でいられたような気がするのだ。

あのとき、三上さんは父についてそれほど多くは語らなかった。必要最低限の情報と僕の質問に答えるだけだった。けれど、話の端々から三上さんにとって森川一馬は尊敬に値する人物なのだという思いを感じた。今思うと三上さんのそんな思いにも少し背中を押されたのかもしれない。

もちろん三上さんがそこまで予想していたとは思わないけれど、適任だったのは確かだ。その役を振ったのが父だと思うとなんとも複雑な心境になるのだが。それだけ父は三上さんを信頼しているということなのかもしれない。そして、その信頼があるからこそ、三上さんもまた多少無茶な要求にも応え、従うのだろう。

僕にとって父は未だ冷淡で、何を考えているのかわからない人だ。

ただ、数ヶ月、顔を合わせることは少ないけれど、それでも一緒に暮らして感じたことは、父が決して浪費家ではないということだった。家はでかいし、庭は広いし、車は三台もあってすべてが高級車という時点でかなりの贅沢ぶりではあるのだが。しかし日常生活そのものは意外なことに質素だった。というより自分の身の回りのことには無頓着《むとんちゃく》なようなのだ。仕事と音楽。父の生活の比重はほとんどそこに置かれ、そういった部分への投資は惜しまないが、普段の生活において驚くような贅沢をするということはなかった。

外食はほとんどしないというし、生活用品も特にブランドにこだわっているようなことはない。身につけている高級品の数々も揃えているのは、父の会社の優秀な社員で、本人は他人に会うことがなければ、三日間、同じ服を着ていても平気で、高級時計は重くて、邪魔だとすぐに外してしまうというのだ。

三上さんが語る父の姿は、本当の音楽バカとしか言いようがなくて、僕の印象とはまったく違っていた。そして滝さん曰く、とてもお優しい不器用な方らしいのだけれど。

僕にはまだ父がどういう人なのかわからない。父が何を思っているのかも。

これまでは知らなくてもいいと思っていた。だが、今は、無視はできなくなっていた。

♪

十月、衣替えの時期を過ぎ、一気に色合いを変えた街には、乾いた秋風が踊る。

そんな秋の午後、駅から学校までの通学路の途中にある楽器店に立ち寄った。一階は楽器、二階はCDや楽譜が揃う、クラシックやジャズを専門に扱っている店だ。

あるわけないか。

CDが並んだ棚から目を逸らした。

母がいつまでプロの演奏家としての活動を続けていたのか、正確には知らないが、少なくとも十年以上は前のことだ。いくら専門店でも置いているわけがない。

中古屋ならあるかな。もちろん三上さんに頼むのが一番手っ取り早いのだが、それは少し気が引けた。

三上さんはきっと立場上、僕の様子を父に伝えているのだろう。もちろん僕の行動のすべてを監視して、筒抜けになっているとは思わないけれど、なんとなく僕が母の過去に興味を抱いたことを知られたくなかった。

「あれ？　秋月、どうしたの？」

小首を傾げながら吉原が近づいてきた。

「ちょっと探しもの。そっちは？」

「ここのレッスン室借りて今日は自主練習」

「え、ここレッスン室なんてあるんだ」

「うん。上の階にね」

「ふーん。全然、知らなかった。実はここ入ったの初めてなんだよな。本当にクラシックとかしか置いてないんだな」

「一応、ポップスもあるんだけどね。探しものって何？　手伝おうか？」

「いや、いい。ないみたいだから」

「そっか。ほんと、秋月、変わったね」

ぽつりと吉原が呟くように言った。

「変わった？　まぁ、生活環境変わったんだから少しぐらいは」

変わったのかもしれない。自分ではよくわからないけれど。

「んー前だったらクラシックは聴かなかったよね」

「え、あ、まぁ……」

「特にピアノの曲は」

少し遠慮がちに付け加えられた言葉に胸を突かれる。

吉原の言う通り以前ならクラシックは聴かなかった。興味がないというよりも避けていた。ピアノを目にするのも嫌だった時期もある。

母がそれを望んでいたし、僕自身もいつからか母を別人の顔にしてしまうピアノやクラシックをどこか疎ましく思うようになっていた。いつの間にか僕にとってピアノはただ忌まわしい、憎らしい存在になっていった。

今でも決して積極的にピアノや音楽に触れたいとは思わない。とはいえ、あの家で暮らすようになり、それらが否応なく僕の生活に入り込んできてから、少しずつ母を捉えて離さなかったものについて知りたいと思うようになっていた。

「やっぱり少しは知りたいなって思って」

「そっか。よかった」

吉原が見せたほっとしたような笑みに、僕の胸も安堵を覚えた。

「たまにはヴァイオリンの曲も聴いてね」

「うん……でも、正直、演奏の善し悪《あ》しとかそういうの、全然、わかんないんだよな」

「難しく考えることないよ。好きか嫌いかで、全然、いいと思う」

「そうかな。そういえば、吉原がヴァイオリン始めたきっかけって、なんだったの？」

「え、どうして？」

「最初はピアノ習ってたんだろ。どうして続けなかったのかなと思って」

「単純に言えば物理的な問題かな。家にピアノ置く場所なくて、ちゃんと練習できないからつまんなくなって。で、教室にヴァイオリン科もあったから、それでね」

「そっか。そうだよな」

吉原の家はごく一般的な一軒家で、楽器の音が漏れ聞こえないほどの防音が施されているわけもないだろうし、アップライトのピアノでも置けば、部屋は手狭になってしまう。あの家にいるとそんな不自由さを忘れてしまいそうになるのだが。

「今はヴァイオリンでよかったと思ってるけどね。いつも一緒にいられるから」

吉原は愛おしそうに手にしたヴァイオリンケースを見やる。

「ふーん。きっと持ち運べる楽器だったら、天音も手放さないんだろうな」

本当に好きでたまらない。天音もそんな眼差しをピアノに注ぐ。

今まで何かに夢中になったことはなく、特別好きだというものもなかったけれど、天音を見ているとそんなものが一つぐらいあってもいいかもしれないと思えてきていた。

「やっぱり変わったね」

「え？」

「ううん。秋月って意外とシスコンだったんだね」


♪


シスコンか。

確かに吉原と話をすると、天音の話題が多くなる気はするけれど、音楽という共通点があるからついそうなってしまうのであって、誰彼構わず話しているわけではない。

一般的な姉と弟の関係がどんなものなのかわからないが、傍《はた》から見たら、僕と天音との距離感は「一般的」とは言いがたいのかもしれないとは思うけれど。

だからって、シスコンはないよな。シスコンは。

「何見てんの？」

頭上に落ちてきた安斎の声に、僕は慌てて見ていた雑誌を机の中へ押し込んだ。

「何隠してんだよ。見せろ」

安斎は透かさず机の中から雑誌を引き抜いて、ぱらぱらとめくると、あるページに目を止め、少し思案顔になり、

「天音さんの誕生日、近いとか？」

と言いながら、開いた雑誌を机の上に置く。

「いや、うん、まぁ……」

机に広げられたそのページから思わず目を逸らしてしまう。

「誕生日に彼氏に貰《もら》って嬉しいプレゼントランキング」

何故か安斎は誌面のタイトルを棒読みで読み上げる。

「読み上げなくていいから。参考にするもんないんだから、仕方ないだろ」

我ながら、恥ずかしいものを買ってしまったと思う。今朝、立ち寄ったコンビニで、表題が目について買ってしまったのだが、やはり立ち読みで済ませてしまえばよかった。ただ立ち読みは立ち読みでなんだか恥ずかしかったし、部屋でじっくり読むのもなんだかあれで、学校で適当に読み流そうと思ったのだ。なんにせよ、恥ずかしいことには変わりない。

「まぁ、参考になるランキングがあっても嫌な気はするけどな」

それは確かになんだか嫌だ。そもそも。

「普通、姉弟であげたりするもんなの？」

安斎の家もまた一般的とは言いがたいであろう姉弟関係なので、訊くだけ無駄とは思いつつ、訊いてみた。すると安斎は頰を引きつらせ、何故か不敵に笑った。

「聞きたい？　俺の話」

「いや、いい。遠慮しとく」

やはり安斎に訊いたのは間違いだったようだ。普段から二人の姉に無茶を強いられているのだ。その姉たちが誕生日という特別な日にどんな要求を課すのか、想像するだけで恐ろしい。

「なんでも喜ぶ、わけないよな」

三上さんは事も無げに僕にそう言ったけれど。

昨日、リビングで三上さんと顔を合わせると、

「来週の金曜日の夜にご予定はございますか？」

相変わらず、崩れることのない丁寧な口調で尋ねられた。

「いえ、ないですけど」

「では、その日、お父様と天音さんとお食事の予定を入れても構いませんでしょうか？」

「え、はい。いいですけど。その日、何かあるんですか？」

少し意外に思いながら尋ねた。

父は仕事上の付き合い以外、ほとんど外食をしないと聞いていた。帰宅が遅くなるときは大概、滝さんの作った料理を三上さんが会社まで届けているのだと。

最初に父と対面した場所が、洒落《しゃれ》た、いかにも外食慣れしたような人が選ぶ店だったので、その話を聞いたときは意外に思ったのだが、すべては有能な部下の手によってセッティングされたものだったと聞いて納得した。その父が親子三人揃って外食をしようというのだから、何か特別な日なのだろう。

「ご存じありませんでしたか。その日は天音さんのお誕生日です」

「天音の誕生日……あ、あの何かプレゼントとか用意した方がいいですか？」

「そうですね。用意された方が喜ばれるかと」

と言われた先から疑問が湧いた。一般的な姉弟の間で誕生日プレゼントのやり取りなんてあるのだろうか。だいたい何をあげればいいのだろう。

「天音の喜ぶものって、なんですか？」

真っ先に甘いお菓子が思いついたけれど、当然、ケーキは用意されているのだろうから、違うものがいいに決まっている。

「上総さんが選ばれたものなら、きっと、なんでも喜ばれると思いますよ」

いつものような、もっと的確なアドバイスを期待していた僕は、ありきたりな返答に少しがっかりした。

「三上さんはもう何か用意されてるんですか？」

「ええ、用意しております」

「ちなみに何を？」

「それは当日までの秘密です」

となんとも男の僕でもどきりとしてしまうような魅惑的な微笑みを浮かべた。

ピアノと甘い食べ物にしか興味のなさそうな天音が、他に好きなものって一体、なんだろう。

それとわかるようなブランドもののバッグとか財布で、喜ぶようなことは絶対にないだろう。時計も、アクセサリーも、どれがいいのかまったくわからないし。服とか、靴とか、そもそもサイズがわからない。ぬいぐるみとか、キャラクターグッズとか、そういうものにもあまり興味はなさそうだ。花束は枯れてしまうから却下だ。香水もつけない。雑貨はくくりが大きすぎて、わからない。車、マンションって……貰うものなのか？

「誕生日に彼氏に貰って嬉しいプレゼントランキング」は、ことごとく却下される。なんだか恥ずかしい思いをして買ったというのに。そもそもそんなランキングを参考にしようとするのが間違いなのだ。

僕はことの本質に立ち返り、再び考えを巡らした。

「音楽関係が無難なんじゃないのか？」

「そうなんだけどさ」

クラシックは完全に無知だし、クラシック以外もたまに聴くとは言っていたが、趣味を合わせるにはハードルが高い。

「本人に訊けば？」

安斎はあっさり言うが、それができたら苦労はしない。できないから悩んでいるのだ。三上さんの当日までの秘密に対抗するわけではないが、その日までは伏せておきたい。

「どうしたの？　秋月」

近くにやって来た吉原が考え込んでいる僕を見て首を傾げた。

「え？　あー吉原は誕生日プレゼントに何貰ったら嬉しい？」

吉原なら同性だし、音楽好きだし、参考になりそうな答えをくれるような気がする。

「え？　な、何、急に」

吉原は何故か声を上ずらせて、動揺している。

「天音の誕生日に何あげたらいいのか、思いつかなくて。参考までに」

「あ、参考までにね」

吉原は少し拍子抜けした様子で、苦笑する。

「わたしだったら、何を貰っても嬉しいと思うな。相手を喜ばせたいっていう気持ちが伝われば、それでいいんじゃないかな、ね？」

吉原は安斎を見て、同意を求める。

「俺の周りには即物的な人間しかいないからなぁ」

と遠い目をする安斎を吉原は睨みつける。

「ごめん、参考にならないよね。でも、ほら、天音さん、なんか優しそうなイメージあるから、きっと大丈夫だよ」

と励ましの言葉を残し、吉原は自分の席へ戻って行った。

「おまえって周りが見えなくなるタイプだったんだな。初めて知ったよ」

やれやれというような調子で、安斎は肩をすくめた。

「どういう意味だよ」

からかわれているのはわかったので眉をひそめると、安斎は眼鏡の奥の目を細め、意味ありげな笑みを浮かべた。

「自覚ないの？」

「なんの？」

「いや、俺が口出しする問題じゃないんだろうけど」

神妙に前置きをしてから、

「案外、自作の曲とか喜んでくれるんじゃね？」

と揶揄《やゆ》するように笑う安斎を僕は無視した。


♪


夕食をいつも一緒にとっているから、天音の食事の好みというのはなんとなくわかるようになった。甘いものにはとにかく目がなくて、にんじんが大嫌いで、和食よりは洋食の方が好きらしい。そして、本日のメニューの酢豚はあまり好きではないらしく、箸の進みが遅い。

けれど、他のことになるとわからないことばかりだ。趣味とか、好きなものとか。

ピアノを弾いている以外、僕と顔を合わせている以外の時間を天音がどう過ごしているのか見当もつかない。

「どうしたの？」

「いや、天音、来週、誕生日なんだって」

「あ、うん。三上くんに聞いたんだ」

「フランス料理の店で食事って言われたんだけど。テーブルマナーとか知らないけど、平気かな？」

三上さんにもその辺りのことは伝えていて、事も無げに「個室なので問題ない」と言われてしまったのだけれど。

「んー平気だよ。わたしもよくわかんないし」

とこちらも事も無げに言われてしまった。

「べつにいいのにね。外で食事なんて」

無理しなくたっていいのに。うつむきがちに呟いた言葉には忙しい父への気遣いが滲んでいて、少し落ち着かない気分になった。

「ところでさ、天音って服とか、他に欲しいものとかさ、いつも、どうしてるの？」

天音が欲しがっているものはないか、遠回しに探りを入れてみることにした。

「どうして？」

「いや、天音、休みの日も家にいるだろう。買い物とか出掛けたところ、あんまり見たことないから。どうしてるのかなと思って」

「うーん、大概、三上くんに頼むと、なんでも揃えてくれるけど」

「あ、そうなんだ」

「うん。服とか、靴とかも、いろいろ揃えてくれるよ。わたしはなんでもいいんだけどね」

確かに天音は着飾ることに関して同年代の女の子に比べればずっと無頓着だ。とはいえ、自分の好みに合わないものを天音が着るとは思えない。つまり三上さんが選ぶ服は天音の好みを外していないということになるが……。

「三上さんが自分で買いに行ってるのかな？」

高校生の女の子が着るような服を売っている店で、服を選んでいる三上さんの姿をふと想像してしまった。

「え？　どうだろう。気にしたことなかったけど」

天音は視線を宙に投げ、おかしそうにふと口許を緩めた。

「まさか。他の人に頼んでるんだと思うよ。女性の社員もいるし。電話とかでもなんとかなるし。だって、ねぇ……」

と言いながら、笑みを零す天音が想像しているのは、おそらく僕と同じく、女性ものの洋服店へ行き、服を真剣に選ぶ三上さんの図であろう。

仕事とはいえ、なんだか気の毒になってしまう想像図だが、三上さんの徹底ぶりを思うと、実際にあり得ることのような気がする。案外、なんの臆面もなくやってのけてしまうのかもしれない。三上さんならなんとなく許されるような感じもあるし。

「すごいな、三上さんって」

「どうして？」

「天音のことよくわかってるから」

三上さんは本当に天音のことをよく知っている。そうでなければマネージャーなど勤まらないのかもしれない。スケジュール管理、健康管理、学校の送迎だけではなくて、勉強を教えたりもしているようだし、必要な物を買い揃えたりといった身の回りの世話、その他にもいろいろな雑務に追われている。それを嫌な顔一つせず、そつなくこなしていく。いくら仕事といっても僕にはできそうもない。

「そうだね……」

天音は頷きながら、少し憂いを孕んだような、複雑な表情を見せた。

「三上くんはね、元々、父の教え子だったの」

「え？　三上さんもピアニスト目指してたってこと？」

だからか。あの歯切れの悪い調子は。

「うん。父が自らレッスンをつける人って少ないんだ。だからすごく期待してたんだと思う」

「でも、今は……」

「うん。詳しい事情は知らないけど……」

ただ諦めてしまったのか、止むを得ない事情があったのか。天音は目を伏せ、言葉を濁した後、少し逡巡し、付け加えた。

「初めて会ったとき、すごく暑い日だったの。だけど、三上くんは長袖のシャツを着てた。左の袖はまくってたんだけど、右はそのままで……」

そういえば、三上さんは夏場でもいつも長袖のシャツを着ていた。仕事のときはともかく、私服のときもそうだったので、暑くないのかなと思った覚えがあった。

「暑いのにどうしてだろうって思った。だから、訊いちゃったの。暑くないの？　って。そうしたら、三上くん、すごく哀しそうな顔をして、右腕を見たの……」

その瞬間、気づいた。右腕を隠しているのだということに。何が隠されているのか。

想像は容易《たやす》くついた。

「交通事故だったって。ひどい怪我だったんじゃないのかな……」

天音は続く言葉を呑み込んだ。

ピアニストとしての将来の展望が絶たれてしまうほどの。

「あ、三上くんにはわたしが話したこと言わないでね。あんまり知られたくないことだと思うから」

他人にはあまり知られたくないであろう過去のこと。それを天音が誰彼構わずに話すということはないだろう。ということは一応、信用はされてるってことなのかな。


♪


翌週の金曜日。

父との会食はやはりほとんど言葉を交わすことなく終わった。だが前回に比べたら、ずいぶん和やかな雰囲気で、料理を味わうぐらいの余裕はできた。

父は仕事が残っているからと先に席を立って帰ってしまった。音楽教室の経営もなかなか大変らしい。

父が中座したときに見せた天音の消沈した表情がやけに印象的だった。レッスンで師として会うのと、プライベートで父として会うのとの位置付けはやはり違うものらしい。

父から天音に渡された誕生日プレゼントは次なる課題曲の楽譜だった。ここ何ヶ月と新しい曲を弾かせてもらえなかったらしく、控え目ながら喜んでいる様子が見て取れた。そして、当日まで秘密だった三上さんから天音への誕生日プレゼントはというと。

「あの、正直、言っていいですか？」

運転席の三上さんに向かって言った。

「はい。どうぞ」

「よく買えましたね。あの、クマ。恥ずかしくなかったんですか？」

僕は車の後部座席をちらりと一瞥した。幼稚園児ぐらいありそうな大きなクマのぬいぐるみが鎮座している。つぶらな目をした毛並みのいい、ふかふかのテディベア。

天音はそれにもたれるようにして静かに寝息を立てている。

「高校生の女の子へのプレゼントだとは言わなかったので」

三上さんは微かに苦笑した。

そうか。三上さんの正確な年齢は知らないけれど、小さな子供がいてもおかしくはないぐらいではあるのだ。対外的にはファンシーなぬいぐるみも子供へのプレゼントで済まされる。しかし、実際は高校生の女の子へのプレゼントだったわけで、内心はやっぱり恥ずかしかったのではなかろうか。とさらに突っ込んでみると、「実は少し」と照れ気味に白状した。

「だけど意外でした。天音ってぬいぐるみとか、人形とか好きそうなイメージがなかったから」

三上さんが選ぶものだから天音の趣味を外してはいないのだろうと思ったけれど、まさか「ぬいぐるみ」だとは思わなかった。

迎えにやって来た車の後部座席のドアを開けると、首に赤い大きなリボンをしたテディベアがどんと座っていたのだ。それを見た天音はすぐに三上さんからの自分への贈物だと気づいたようで、なんとも複雑な表情をしていた。子供扱いされたことにむっとしながらも、嬉しさを隠せずに頬が緩み、さらにそれを隠そうとして、半分泣いているような顔になっていた。

「そうですね。ご自分から欲しいと仰ることはないと思いますが、好きなんですよ。可愛らしいもの」

女の子ですからね、と目を細める。

「よくわかってますよね。天音のこと」

表面的な部分だけではなくて、内面的なところまで、天音を理解している。天音が言葉にしない思いも汲むことができる。それは天音のことを幼いころから知っているという付き合いの長さだけではなく、いつも「天音のため」を思っているからなのだろう。

以前、休日も仕事に費やすことに対しても、「必要とされているということですから」とにこやかに答えていた。それもひとえに天音のためであって、

「どうして、三上さんは、天音に……」

そこまで尽くすのだろう。

「天音さんは、私にとって、夢であり、希望なんです」

僕が言葉にしなかった疑問を読みとって、三上さんははっきりと告げる。

夢であり、希望。

自分の絶たれた夢を天音に託したということなのだろうか。

僕は思わず三上さんの腕に目を馳せてしまった。もちろんハンドルを握る腕は服に隠れていて、その傷は見えない。穏やかな顔に不慮の事故によって夢を絶たれたとい

う過去の影は見えない。けれど……。

三上さんは僕の視線を感じ取ったのか、少し困ったような顔をした。慌てて目を伏せたけれど、遅かったようだ。

「どこまで、お聞きになりましたか？」

天音との約束もあり、なんとかごまかそうと試みたけれど、結局、

「あ、あの……すみません」

と正直に頭を下げた。

「構いませんよ。隠しているわけではありませんから」

とは言うが、夏の最中も長袖を着て、腕を隠しているのだから、あまり知られたくないとは思っているのだろう。

「交通事故でした。傷はほとんど残っていませんし、日常生活に差し支えはないんですけど」

ピアニストとしては致命的な怪我だった。とは言わなかった。けれど一瞬、遠くの方に馳せた視線がそう語る。感情を滲ませず、淡々と語ることが、かえってその傷の深さを際立たせているような気がした。

森川一馬に才能を見込まれ、指導を受けてきたからには、将来を嘱望されたピアニ

ストの卵だったのだろう。毎日、ピアノに向かい、何時間という練習を重ねていた。それがいつか実を結ぶ日を夢見て。いや、確実に達せられる目標として捉えていたはずだ。そう遠くはない未来のこととして。

それが不慮の事故によって絶たれた悔しさや苦しみは、僕の想像を遥かに超えるに違いない。それまでピアノに費やしてきた時間のすべてが一瞬で無になってしまったのだ。才能も、努力も、時間も、将来までをも奪われた。

天音のマネージャーを任された経緯はわからないが、三上さんは一体どんな思いでそれを引き受けたのだろう。相手は子供とはいえ、自分が師と仰いでいた人の娘であり、愛弟子なのだ。将来有望な才能あふれるピアニストの卵として、周囲からの期待を一身に集めている。かつては自分がそうだったように。それはもう過去のことだと簡単に割り切れはしないだろう。

あの舞台で脚光を浴びているのは自分のはずだった。自分ならもっと上手く弾けるはずだ。そう思って嫉妬したり、羨んだり、ということもあったのかもしれない。

もちろん天音のマネージャーという仕事を献身的にこなす彼にそんなわだかまりは見受けられない。けれど心中はどうなのだろう。この先、もしかしたら自分が受けるべきだった称賛を天音が受けることになるかもしれない。それを見て穏やかでいられるのだろうか。

そんな僕の考えを見透かしたのか、三上さんは穏やかに微笑んでみせた。

「天音さんが一日でも早く、世界で活躍するようなピアニストになること。それが今の私の夢です」

三上さんは決然と言い切った。そうか。三上さんは、もうすでに天音の将来を見据えているのだ。もしかしたら葛藤はあるのかもしれない。けれどそれ以上に、天音のため、天音の将来を思う気持ちが強いのだろう。

「マネージャーとしては失格なのかもしれませんね」

「え？　どうしてですか？」

「私の夢を押し付けているようなものですから」

三上さんはどこか愁いを帯びた笑みを浮かべた。

「そんなことないですよ」

僕は力強く否定した。

「三上さんぐらい天音のことわかってる人いないと思います。だから天音も安心して、いろいろ三上さんに任せられるんじゃないんですか」

三上さんが傍にいて、サポートしてくれているからこそ、天音はピアノに打ち込むことができるのだろうし、その他の面でも支えられているのだと思う。

僕は三上さんのことが羨ましくなった。天音の絶対的な信頼と必要性を勝ち得ている彼がひどく妬ましく思えた。

三上さんは天音がこれから向かおうとしている世界がどんな世界なのか知っている。天音と同じ目線で、世界を見ることができる。だから、きっと何があっても彼は天音の味方でいられるのだ。たとえ天音が壁にぶち当たってしまっても、力となり、支えとなることができるのだろう。

何も知らない僕はただ、なす術《すべ》もなく見ていることしかできない。母のこともそうだった。天音のこともきっと。音楽家である彼女たちに関わることはできないのだ。部外者である僕には何もできない。ふとひどい無力感がこみ上げてきて、胸を突いた。

「天音さんのこと、これからもよろしくお願いします」

三上さんは意外な言葉を口にした。

「え？　あ、はい？」

僕はわけがわからないまま頷いていた。お願いされたところで、何もできないと思うのだが。その思いを見透かしたように三上さんは言葉を続ける。

「上総さんがいらしてから、天音さんは以前に比べ、とても明るくなりました」

それが嬉しいと言うように三上さんは、表面的ではない笑みを浮かべた。

大きなテディベアを両腕で抱えている天音はいつもより幼く見えた。貰ったプレゼントを誰にもとられないように、大事そうにぎゅっと抱えている子供みたいだった。

「最初はずいぶん大人びた少女だと思いました」

その年ごろの少女にしては顔立ちもはっきりと整っていて、着ている洋服も飾り気のない黒いワンピース、表情は強張っていて、おみやげのケーキを渡してもにこりともしない。どこか高慢ささえ感じられた。と三上さんは天音に初めて会ったときの印象を語った。

「コンクールで入賞しても、少しも嬉しそうな顔をしないんです」

感極まって泣いている子までいるのに、天音は普段よりもさらに表情を硬くしていた。こんなことで喜んではいけないと思っているかのように。

「自分の思うように弾けなくて、悔しくて涙するときも、必ずひとりで隠れて泣いていました」

周囲はどうしても天音のことを「森川一馬の娘」として見てしまう。才能があって当然なのだと。上手に弾けるのは当たり前。コンクールでは優勝して当然。小さな子供が向けられるには大きすぎる期待とプレッシャーに、天音は練習を重ね、自分のピアノの技術を向上させるという至極、全うな方法で応えようとした。

そのためには友達と遊んでいる時間はなかった。学校に行く時間さえ、惜しいと思った。とはいえ、友達と一緒に遊び、楽しそうに笑うクラスメイトが羨ましくないわけではなかった。

本質的には普通の少女と変わらない。周りの子が持っている「ぬいぐるみ」や「人形」が欲しくなかったわけではない。お菓子のおまけのおもちゃを集めてしまう子供らしさもきちんとあった。しかし誰に咎《とが》められたわけでもなかったが、自ら欲しいとは言えなかった。

三上さんは、そこまで察して、テディベアを選んだ。

その後に渡すのは、ものすごく気が引けるけれど、僕は天音が抱きかかえているテディベアの頭の上に、紙袋をそっと置いた。散々悩んで選んだ誕生日プレゼントは、甘いものに目がない彼女にぴったりのフルーツタルトの形をした携帯ストラップにした。

僕は何も言わず、天音がどういう反応を示したかも見ずにその場を立ち去った。

♪


習慣というのは一体、どれだけの時間を経て身に付くものなのか。

家に帰り、着替え、リビングへ向かうと、扉を開けた先にはいつも、ソファに深く腰掛け、大好きな甘いお菓子を頬張り、至福のひとときを過ごす天音の姿がある。

けれど、天音の誕生日からしばらく経ったある日、家に帰り、いつもと同じようにリビングの扉を開けると、そこに天音の姿はなく、なんとなく心もとないような感じを覚えた。

「どうかなさいました？」

立ち尽くす僕に滝さんが怪訝そうに声をかける。天音の所在を確かめそうになり、慌てて口を噤《つぐ》んだ。訊けばきっと滝さんはこの上もなく嬉しそうに笑うのだろう。僕はなんでもないと首を横に振り、滝さんに促されるまま、ソファのいつもの場所に腰を下ろした。

しばらくすると、

「あ、早い」

と制服のままの天音がリビングに姿を見せた。

「天音が遅いんだと思うけど」

「そっか……」

天音は深いため息と共に勢い良く僕の隣に腰を下ろした。そして深く背中をソファに預け、息をつく。

「ねぇ、上総、学校、楽しい？」

「なんだよ。いきなり」

「楽しい？」

「べつに普通なんじゃない。楽しいこともあるし、楽しくないこともあるし」

友人たちとの他愛ない会話も、眠くて退屈な授業も嫌いではない。

「そっか……」

「なんかあったの？」

天音の方から学校の話題を持ち出してくるのは珍しい。

「べつに。ただちょっと嫌なことがあっただけ」

その嫌なことがなんだったのか、訊きたい気もしたけれど、滝さんが運んできた紅茶で口を塞いでしまったのでやめた。

学校での天音の様子はよく知らないが、決して居心地のいい場所ではないのだろう。放課後や休日もピアノの練習に明け暮れる天音に親しい友人がいるとは思えないし、「森川一馬の娘」である天音に対する風当たりは強いに違いない。

「ちょっと嫌なこと」はたくさんあっても、「楽しいこと」は少なそうだ。

それを天音はどう感じているのだろう。

特に気にしていないように見えるけれど、別荘で見せた卑屈さや三上さんから聞いた話を思うと、少し不安になってしまう。

本質的には普通の少女と変わらない。

三上さんの言う通りなのだと思う。

普段は甘いものに目がないとか、にんじんが嫌いだとか、思いがけず子供っぽい部分をのぞかせたり、ちょっと世間知らずのお嬢様っぷりを発揮したりと、本当に可愛らしい女の子なのだ。

けれど、日々の練習を淡々とこなし、ピアノ以外のものにあまり興味を寄せない姿やピアノに対する熱意を見てしまうと、その強さに圧倒され、やはり特別なのだと感じてしまう。

「普通」の天音を知っている僕でさえ、そう思うのだから、天音の「特別」な部分しか見たことがなければ、誰もが持つはずの、弱さを持たない人間に見られてしまうのも当然で、「ちょっと嫌なこと」くらいで天音が傷つくとは思っていないだろう。

しかし、本当は傷つくのだ。弱い部分もあれば、卑屈になることもある。ただそれを隠すのが上手なだけなのだ。

天音はその隠した傷をどう癒すのだろう。時折、ふと物憂げな表情を見せても、「なんでもない」と首を振ってしまうし、愚痴だとかそういったものを口にすることも少ない。今日のことも、黙ったままやり過ごしてしまうのかもしれない。

天音には三上さんがついているのだから、僕が心配することではないのかもしれないけれど。もしかしたら三上さんにも相談できないことかもしれないわけで、だとしたら追求した方がいいのかな、とあれこれ考えを巡らし、

「なぁ、天音」

たまらず呼びかけると、

「ん、何？」

と僕を見た天音は本日の一品、シュークリームを口に含んでいるところで、今にも頬がとろけんばかりの甘い顔をしていて、拍子抜けした。

「うまい？」

「うん。おいしいよ」

天音の屈託のない笑顔につられて、思わず笑ってしまう。

この様子じゃ、そんなに心配することもないのかな。

「あ、そうだ。ありがとう」

「え、何が？」

「これ」

天音は制服の上着のポケットからのぞいている携帯ストラップを指差す。

つけているところは目にしていたから、気に入ってくれたのだとほっとしていた。

ただ天音が何も言ってこないので、少し物足りない気はしていたのだが、気恥ずかしくて、敢えてそこには触れないようにしていた。

「ありがとう」

改めて天音はそう言って微笑む。

不意打ちを食らった僕は胸を摑まれて動けなくなっていた。

5　夜想曲

眠れない夜にいつも思い出す曲がある。

子守唄というには少し物哀しい旋律を母はよく口ずさんでくれた。

夜の静寂に響く、美しくも、どこか哀しく、切ない旋律。

まどろみの中へ沈み込みながら、夢うつつで見た母の顔は寂しげで、切なげで、けれど、とても優しく、穏やかだったことを今でも覚えている。


海の底に深く沈んでいくような音にふと目を覚ました。

ピアノの音が微かに耳に届く。

布団を頭からかぶり、目を閉じて、気づかなかった振りをしようとしたけれど無駄だった。

一度、耳に届いた音はどんどん大きくなっていき、僕の胸をかき乱す。

母のものとも、天音のものとも違う。

重厚な音色。

一体、誰が弾いているのか。

たまらなくなり、起き出して、部屋を出た。音源を辿って行くとリビングに着いた。

そっと扉を開けて中をのぞくと、父がピアノの椅子に座っているのが見えた。普段は鍵がかけられ、開かれることのない蓋が開いている。

父は指導するとき以外、ピアノを弾くことはほとんどないと聞いていたので、ピアノの前に座る父の姿など見ることはないと思っていた。

鍵盤に目を落とす横顔が見える。

音楽教室の経営者でもなく、指導者でも、音楽評論家でもない父の姿がそこにある。

ぽろんと音が鳴った。

指がひとつひとつ音の響きを確かめるように鍵盤を弾いていく。

重たく、深い音色が響く。

音の広がりに呼応して、思わぬ動揺が波紋のように胸に広がっていく。

音階を辿っていた指が余韻を残し、ふと止まった。そして、ゆっくりと指先から紡ぎ出されたのは聴き覚えのある曲だった。

母がよく口ずさんでいた。

どこか物哀しく、美しい旋律。

空気を震わせ届く音色に、胸が震える。

父は一体どんなつもりで、どんな思いでこの曲を奏でているのだろう。

今日は、そう……母の誕生日だ。

いたたまれなくなり、踵《きびす》を返すと、そこには天音が何かを堪えるように唇を噛み締め、痛々しい表情を浮かべ、立ち尽くしていた。

「天音？」

僕と目が合うと、なんとか強張った表情を解こうとしたが、上手くいかず、そのまま背中を向け、立ち去ってしまった。

♪

十月も終わりに差し掛かった土曜日の午後、久しぶりに三月まで住んでいた叔父の家に来ていた。

「悪いな。わざわざ。届けてもよかったんだけど。なんか、やっぱりな」

　と叔父は苦笑した。

　叔父から引っ越すので、残っている荷物を取りに来て欲しいという電話があったのは、一週間ほど前のことだった。勤めている会社の社屋移転を機に叔父も住まいを移すことにしたのだそうだ。

　何度か電話やメールのやり取りはしていたけれど、顔を合わせるのは引っ越して以来だ。

　叔父はがっしりとした体軀《たいく》をしていて、見かけはもちろん内面も頼りになるという人だ。母とは十歳近く、歳が離れているが、出会ったころから叔父は母よりもずっとしっかりしていて、どちらが年上なのか、首を傾げてしまいたくなるようなことが多々あった。そんな叔父を母も頼りにしているようだった。

「元気そうだな。上手くやってるのか？　父親とは」

「うーん、どうかな。あんまり顔合わせないからよくわかんないけど。不自由はないよ」

　と言うと、叔父は微かに眉をひそめ、何か言いたげに唇を動かしたが、結局、言葉が発せられることはなかった。以前、叔父に訊いた父に対する印象は「悪い人ではないと思うけど、よくわからない人」だった。叔父も言うべき言葉が見つからなかったのだろう。

「おまえの姉さん、天音ちゃんだっけ？　彼女とは？」

「まぁ、普通に。上手くやってると思うよ」

叔父はようやく安心したように表情を緩めた。

「荷物はその箱の中。いらなかったら置いてっていいから。こっちで処分なりなんなりするよ」

僕は頷き、少し重い足取りで、窓際に置いてある箱の方へ近づいて行った。僕自身の荷物はほとんど森川家に持って行くか、処分していたので、叔父の家にあるものといえば母に関するものしかないはずだ。思わぬ動揺が胸に広がっていく。

遺品の整理は僕の承諾を得ながら叔父がほとんどやってくれた。少しずつ母のものは僕の生活の中から消えていった。それと共に色濃く影を残していた母の存在は次第に薄れていき、思い出すことはあっても、その姿をどこかに探してしまうということは少なくなった。

遺品のほとんどを処分なり、親しかった人にあげるなりして、最後に残った品々を形見として受け取れたのは、森川家に引っ越すことが決まってからだった。受け取った形見を眺めて、動揺するということはなくなった。けれど、新たに母のものに触れるというのは、まだ駄目なようだ。

　箱の中身は見なくても予想ができた。叔父が遺品の中で一番、整理に困っていたのが音楽、ピアノ関連のものだった。結局、処分もできず、僕に渡すこともできずに押し入れの奥に仕舞っていたということは知っていた。

　僕は恐る恐る箱を開けた。埃《ほこり》が舞い、カビの匂いが広がる。

　箱の中にはＣＤと楽譜が入っていた。母がプロの演奏家として活躍していたころに発表したＣＤも含まれていた。

「ＣＤはいるだろ」

　叔父も一緒に箱の中を覗《のぞ》き込む。

「あ、うん」

「楽譜とかはどうする？」

　使い道はないし、かさばるから正直、邪魔だけれど、母が大事にしていたものだと思うと処分もできない。ページをめくると鉛筆で走り書きされている箇所がいくつかある。母の書いた文字だ。母が幼いころに使っていたぼろぼろのバイエルまで出て来た。楽譜類の下には音楽関係の雑誌が入っていた。目次を見ると「森川一馬」の名前に目が止まる。たまたま取っておいた雑誌に「森川一馬」の記事があったということでは、たぶんないのだろう。

僕と叔父は思わず顔を見合わせてしまった。他人の日記帳をそれと知らずにうっかり盗み見てしまったような気まずさがあった。他にも数冊雑誌が入っていたけれど、取り出すのはやめた。

どうしたものかと固まっている僕に、

「これは俺が持ってくよ」

と叔父が助け舟を出してくれた。

僕は素直に叔父の好意に甘えて、楽譜と雑誌を箱の中に戻した。

無秩序に散乱していた荷物が売るもの、捨てるもの、箱に詰めるものと分類されていき、見えなかった絨毯《じゅうたん》の床が姿を見せ始めたころには、部屋の中は茜色《あかねいろ》に染まっていた。

「飯、食ってくだろ？」

叔父の誘いを断る理由はなく、テーブルに叔父と向かい合った。こうやって一緒に食事をするのは久々なので、お互いにかしこまってしまい、気恥ずかしい感じがした。

それをごまかそうというのか、叔父がビールを呷《あお》るペースは心なし早かった。

「なんで引っ越す気になったの？」

エレベーターのない古いマンションの六階。冬場はどこからともなく冷たい風が吹き込んできて、湯沸かし器は頻繁にへそを曲げ、エアコンは昨年ついに昇天した。引っ越すに値する要因は数あれ、結局、叔父はこの家に十年近く住んでいたのだ。

「会社が移転すると遠くなるからさ。近い方がいいだろ」

と言うけれど、元から通勤に一時間以上かけていたのだ。本当にそれが理由ならもっと早くに引っ越していたはずだ。

僕たち親子がいたから、叔父はこの家から離れられなかったのだろう。この家から歩いて数分のところに僕と母の暮らしていた古いマンションがある。

叔父は不器用な姉を放っておけなかったのか、母と僕のことを何かと気にかけてくれていた。父親がいないことで、僕が悲観的にならないようにと休日も一緒に遊び、学校行事にも時々顔を出した。親子ほどの年齢差はないので、父親代わりとはいかなかったが、頼りになる歳の離れた兄という感じで、友人たちには羨ましがられた。叔父がいたことで卑屈にならずに済んだのだろうし、困ったことがあっても切り抜けられた。叔父の存在は僕にとって必要不可欠であったが、それが叔父にとっては足かせのようなものになっていたような気がする。

口にはしなかった思いが伝わったらしく、

「おまえさ、なんでもかんでも自分のせいだと思い込むくせ、どうにかしろよ」

と叔父は不機嫌そうにビールを呷る。

「俺は好きでおまえたち親子に関わってたんだし、好きでおまえのこと引き取ったんだ。そうじゃなかったら放っとくさ」

それは確かに叔父の本心なのだろう。だからこそやはり甘え続けてはいけないのだと改めて思った。

「母さんはどうしてあの人と別れたんだろう」

離れて暮らしていても母の心が父から離れたことはなかった。僕の想像でしかなかったそれを残された雑誌が裏付けた。

「俺に訊くなよ。親父に訊いたらいいだろう。おまえにはその権利があるんだから」

「そうなんだけど……」

父に訊きたいことはたくさんあるけれど、「どうして？」を無邪気に繰り返せるほど子供ではなくなった。

「じゃあ、母さんがピアニスト辞めた理由はわかる？」

訊くと、叔父はさっと眉をひそめ、渋い表情を作った。

「おまえ、それ自分のせいだと思ってんの？」

「そうじゃないけど。どっちが先だったんだろうって……」

否定しても、叔父は渋面を崩さなかった。

僕が記憶している母はすでにピアノの先生として働いていたが、実際にいつまでプロとしての演奏活動を続けていたのかは知らない。離婚前なのか、離婚後なのか。

自分が母の重荷になった。自分の責任だ。と積極的に思っているわけではない。けれど一つの要因としては、否定できないことなのではないかと思っていた。

「ああ……離婚する前だな。納得のいく演奏ができなくなった。だからピアニストを辞めるって言ってたけど。体も壊してたみたいだな。無理してたんだろうよ」

辞めてからもあの調子だったんだからな、と少し呆れたように笑う。

「だから、おまえのせいでは絶対ない」

そう断言されても納得できないでいる僕に叔父は呆れつつ、

「詳しいことは、やっぱり当事者に訊くのが一番だと思うけど」

と前置きして言った。

「姉さんにとって、森川一馬は夫である前に、師匠であり、評論家だったんだ」

そして、母は妻である前に弟子であり、ピアニストだった。

「ピアノに関しちゃ、厳しい人だったから、許せなかったんだろうな。自分自身を」

評論家である人の耳を満足させる演奏ができなくなった以上、ピアニストではいられなかった。ピアニストを辞めたからには、指導者である父の傍にはいられなかった。

師弟関係の解消は夫婦関係の解消でもあったということなのだろう。

「想像しかできないけどな」

叔父が何気なく漏らした言葉が針のように胸をちくりと刺す。

もう本人の口から言葉が紡がれることはない。

一方的に問いかけることしか、想像することしかできない。それがひどく切ない。

もっときちんと母と話をしておけばよかったと思う。

父にまつわることやピアニストだったという母の過去について、知りたくないわけではなかったが、触れてはいけないことのような気がして、話題にするのを避けていた。

母は僕を信頼してくれていて、あれこれと小言を言うことは少なかったし、帰りが遅くなったりしても細かく干渉してくるようなことはなかった。僕はその信頼が嬉しかったし、できるだけ母の期待に応えようと思っていた。

だが今思えば、母に遠慮していた部分があったのかもしれない。いい子になろうとして、母と衝突することを避けていた。親子だからといって常に本音をぶつけ合えるというわけでもないだろうけれど、もう少しお互い言いたいことをぶつけてもよかったはずだ。きっと尋ねれば、言いにくいことでも話してくれたのではないかと思う。けれど、それも想像しかできないのだと思うと、胸の奥がひりひりと痛んだ。

僕はリビングのアップライトのピアノの前で、銀色の鍵を手のひらでもてあそんでいた。

「姉さんとおまえの親父との間で、どんなやり取りがあったのかは知らないけど、あのピアノにとっては一番、いい場所に引き取ってもらえたんじゃないかな」

そう、このピアノの元の持ち主は母だ。叔父によると、母の父、つまり僕の祖父が母に買い与えたものらしい。

母がピアノを手放したのは、僕が小学校に上がってすぐのことだったから、十年近く前のことになる。業者の人が取りに来て、運んで行って、それきりだ。ピアノが置いてあった場所には、小学校入学のお祝いに母が買ってくれた勉強机が置かれることになった。その勉強机も叔父のもとへ引っ越す際に売ってしまった。

売ったときは身軽になって、すっきりしたけれど、今思うと、どうして手放してしまったのだろうと少し後悔している。叔父の家へ持って行っても、置く場所は確保してくれると言っていたのだから、その好意に甘えてしまえばよかったのだ。けれど、そのときはどうしてもその机を持っていたくなかった。その机にまつわる諸々の出来事を思い出したくなかった。新品だったころに傷を付けて怒られたこと、勉強している振りをしてマンガ本を読んでいるところを見つかり叱られたこと、引き出しに隠した五点のテストを見つけられて、怒られるよりも、呆れられたこと。母とのやり取りを、思い出を思い出すのが苦しかった。

母がピアノを手放した一番の理由は、身近にピアノがあればどうしてもピアノを弾きたくなってしまうからだとは思うが、もしかしたらそのピアノにまつわる様々な思い出を思い出したくなかったからなのかもしれない。

しかし、長年苦楽を共にした思い出深いピアノを完全に手放すことはできず、ここに引き取ってもらうことにしたのだろう。

以降、滝さんが毎日磨いているピアノは十年という時の移ろいを感じさせることなく、光を弾き、艶やかに輝いている。奏でられることは滅多にないが、調律もきちんとしてあるようだった。

ふと椅子に座る母の背中がおぼろげに浮かび上がる。

ピアノの前にいながら、母はその蓋をほとんど開かなかった。音を出して練習をすれば苦情が来るから。練習はいつもピアノの前に座り、そっと歌うだけだった。それでも母はピアノから離れられなかった。

そう、ピアノは母の心と体を捉え、離さず、ときには痛めつけさえした。だから母は僕からピアノを遠ざけた。自分のようになって欲しくなかったから。叔父は母からそう聞いたと言っていた。

「俺の母親、おまえのばあさんがね、ピアニスト目指してたんだけど、志半ばで断念して、ピアノの先生になったんだよ。だからさ、姉さんにかける期待はかなりのもんだったんだよな」

その分、俺は放っとかれて楽だったけど、と肩をすくめた。

友達と遊ぶことも禁止され、指を痛めるからと、球技は禁止、ハサミやカッターを使うことも禁止され、体育や家庭科などの授業はほとんど見学や他のことをして過ごした。コンクールの前は学校を休み、一日中練習していた。教師は難色を示しながらも受け入れてくれたが、子供たちがそれを受け入れられるわけがない。学校では孤立を深め、非難を浴びることもしばしばあった。それでも、いや、だからこそ、ピアノにのめり込んでいった。ピアノが唯一の遊具であり、友人であり、自分を表現する手段だった。

なんだか三上さんから聞いた天音の話と一緒だなと思いながら、叔父の語る母の少女時代に耳を傾けた。

周囲からすると、ピアノのために様々なことを犠牲にしたと捉えられるだろう。幼少期の少女らしい遊びも知らなければ、友人との思い出も、家族との思い出も何もない。けれど何かを犠牲にしたとは思っていない。すべてをピアノに捧《ささ》げてきたからこそ、結果、世間に認められるようなピアニストになった。その自負は揺るがない。

「ただ子供には普通の生活を送って欲しい。随分、悩んだみたいだったけどな。自分みたいに、それだけにしか自分の価値を見出《みいだ》せないような子供にはしたくないからって」

演奏家を目指すことの苦悩を、そして続けていくことの困難を知っているからこそ、子供には同じ道を辿って欲しくなかったということなのだろう。

「極端なんだよ。子供にだって選ぶことはできるのにな。だけど自分がそれをできなかったから思いつかなかったんだろうな」

母が僕からピアノや音楽を遠ざけた理由はわかった。

けれど、まだわからないことがある。

どうして僕だけを連れて行ったのか。どうして天音ではなかったのか。

「お帰りなさい」

天音の声に、僕は慌てて手にしていた鍵をポケットの中に隠した。

「どうしたの？」

「いや、なんでもない。ただいま」

「うん。叔父さんと会ってたんだってね。遅かったね」

と言われて時計を見ると十時を回っていた。悪いことをしていたわけではないのになんだか少し後ろめたい気分になり、

「久しぶりに会ったから。ちょっと話し込んでさ」

しなくてもいい言い訳をしていた。

「そう……戻るの？」

「え？」

「叔父さんのところに戻るの？」

「いや。戻らないよ」

ためらいなくはっきり答えが出てきたことに自分自身、驚いた。

最初のころはこの家で暮らしていけるかどうか不安で、戸惑うことも多く、叔父と一緒に暮らしていた方がよかったと思うことは多かった。けれど、最近では叔父のもとを離れてよかったという思いの方が強くなっていた。そして、その思いは今日、叔父と会ったことで確かなものになった。

叔父は言わなかったけれど、おそらく一年ぐらい前から付き合っている彼女と一緒に暮らすのだろう。転居先は叔父一人なら絶対に選ばないような新築のエレベーターつきマンションなのだ。

僕と一緒に暮らすようになり、前の彼女と別れたという経緯もあってか、叔父は僕に気を遣い、今、付き合っている人がいることをなんとか隠そうとしているようだった。けれど、そういったことはどうしたって滲み出てしまうもので、話の端々に会社の後輩として登場する女性が、叔父の恋人だということはすぐにわかってしまった。ただ叔父の気遣いに水を差すようなことはしたくなかったので、知らぬ振りをしていた。けれど、本当は話して欲しかった。せめて僕が転居の理由を尋ねたときにでも、笑って言って欲しかった。

もちろん叔父としては、なんでもかんでも自分のせいだと思い込むくせのある僕に気を遣ったのだろうし、照れくさかっただけなのかもしれないけれど。

僕があの家を離れ、結果として叔父もまたあの家を出て、新しい生活を始めることを選んだのは、きっかけがあったからに過ぎないのだと思う。決して僕が足かせになって動けなかったのではなく、叔父もまた母との思い出の残るあの家から離れられなかったのだ。叔父がそれだけ僕や母を思っていてくれたことは信じられる。だからこそ、叔父には幸せになって欲しいと改めて思った。

今でも父に対し釈然としない思いはあるが、きっかけを与えてくれたことには感謝しなくてはならないのだろう。

「そう……」

天音は小さく息をついて、目を伏せた。

「無理しなくていいんだよ。叔父さんのところに戻りたいんだったら、戻っていいと思う」

「え？　いや、無理はしてないし、叔父さんのところに戻るつもりもないから……」

「そっか……」

「どうしたの？　急に」

「ううん。ただなんとなく」

そう言われても、天音の言葉の真意を上手く計ることができない。戸惑いを隠せないまま、天音を見返すと、

「上総が嫌な人だったらよかったのに……」

またさらに真意のわからない言葉を残して去って行った。


♪


どういう意味だったのだろう。

翌日、顔を合わせた天音は前日の話題に触れることはなく、いつもと変わらぬ態度で接してきた。ほっとした反面、釈然としない気持ちは残った。

叔父のところに戻るか、戻らないかの話は、天音の僕への気遣いのようにも思えるけれど。大体、僕が嫌な奴だったら、どうだったというのだろう。

そんな疑問を抱えたまま、数日が経ったある日のこと、意外な場面に出くわした。

「それはそうかもしれないけど……わたしは納得できない……」

「天音……」

玄関へ続く廊下の途中で、天音と父が睨み合っていたのだ。レッスンが終わり、出

掛けようとする父を天音が追って来たようだった。

　僕は廊下の曲がり角に隠れて、というよりは出るに出られなくなって二人のやり取りをこっそり見ていた。

　普段は冷静で、声音ひとつ変えない父だが、レッスンとなると人が変わるらしい。中途半端な演奏をすれば表情には明らかな不機嫌を滲ませ、腕組みをして黙ってしまう。納得のいかないときは、何度でも執拗《しつよう》なほど、同じ箇所を繰り返し演奏させる。そして低い声で、淡々と叱責するのだという。

　そんな父と天音が言い争うことは滅多にないらしい。まして練習室の外でまで。

　経緯はよくわからなかったが、ある曲目を演奏するにあたって二人の間で意見の相違があったようだった。父は指導者として技術的な側面を主張し、天音は演奏者として感情的な側面を主張していた。お互い、声を抑え、淡々と言い合っているのだが、そこに流れる空気は膨らみ切った風船のような緊張感と危機感を孕んでいた。

　自分の指導に絶対的な自信を持つ父は師としての沽券《こけん》に関わるところでもあるのだろうから、主張を収めることはない。天音自身も自分の主張が父のそれに比べ、脆弱《ぜいじゃく》であることは自覚しているようで、最後には唇を噛み締めて黙り込んでしまった。

「わかっただろう。戻って練習しなさい」

父はそう言い残し、立ち去ろうとした。そこで収束するかに見えた。けれどその背に天音はこれまで抑えていた切り札を投げつけた。

「わたしはあの人の代わりじゃない。あの人のように弾くつもりはない」

掠れる声で、それでもはっきりと告げる。

その瞬間、膨らんだ風船につんと針が刺さり、破裂した音を聴いたような気がした。

父は天音に向き直り、大きく息を吸って何か言いかけたが、結局、言葉にされることはなかった。

天音の反論に容易く正論を返していた師としての姿は影を潜めていた。厳しい指導者でも、冷静な父親でもない。僅《わず》かな動揺と哀しみを露呈させていた。

その姿を天音は哀しそうに見上げていた。

「天音、私の言うことを聞きなさい」

しばらくして父は嚙み締めるように言った。そして、師としての威厳を取り戻した父は低い声で淡々と続けた。

「表現する技術もない未熟なものが、自分なりの表現などと口にするものじゃない。ただ己が未熟だと言っているようなもので見苦しいだけだ。自重しなさい」

それ以上、天音は反論しなかった。父の去って行く姿を、ただ唇を嚙み締め、瞳を寂しげに揺らし見つめていた。

しばらくそうして立ち尽くしていた天音は、深く息をつくと、踵を返した。

立ち去るタイミングを完全に逸した僕は、天音と鉢合わせしてしまった。

僕が何か言うより先に、

「怒られちゃった。練習、もっとしないとね」

と天音は肩をすくめ、足早に練習室へ戻ろうとする。

「天音、少し休んだら？」

「え？」

「誰だってさ、調子悪いときぐらいあるよ」

気休めにもならない言葉かもしれないけれど、言わずにはいられなかった。

「だから練習しないと」

父の態度に傷ついた顔をしたまま、おそらく父の言うことに完全には納得できないまま、それでも父に従おうとする、その従順さがなんだか痛々しい。

「調子悪いときに根詰めて練習したって、意味ないって」

「そんなの、上総には……」

わからないよ。そんな言葉を呑み込んだようだった。

わからない。

♪


昨日の天音の心の呟きが重くのしかかる。

音楽家である彼女たちのことをわからなくてもいいと思っていた。

けれど、少しずつ知りたいと思うようになっていたから、突き放されたことがショックだった。それに僕が考えていた以上に天音が父に従順だったことも。

「あれ、珍しい。ホームルーム終わったら、真っ先に帰るのに。どうしたの？」

声に振り向くと、吉原が近づいてくるところだった。

「安斎と約束してて。そっちこそ、珍しいんじゃないの。今日はレッスンないの？」

僕に負けず劣らず、吉原もホームルームが終わるとすぐに教室を出て行く。こうやって放課後、学校に残っているということは、レッスンが休みか、他に外せない用事があったかのどちらかだろう。

「今日はちょっと時間遅いんだ。先生に呼ばれてたから」

「ふーん。呼び出しって？」

「来年の選択教科のことでね。秋月はもう決まったの？」

「まだだけど。吉原はやっぱり音大志望なの？」

「まぁね。一応」

と言う吉原の表情はどこか冴えない。

「清華？」

「うーん、まだ、はっきりとは決めてないけど。候補には入ってる」

「そっか。偉いな。ちゃんと決めてるんだ」

「そんな偉くないよ」

吉原は謙遜するけれど、何も決めていない僕からすると尊敬に値するぐらいだ。卒業後の進路どころか、もうすぐ提出が締め切られる来年の選択教科のことさえ、まだきちんと決めてはいないのだ。

叔父と暮らしていたころはとにかく高校を出たら、ひとりで暮らしていけるようにならなければと思っていたから就職を希望していた。けれど今はどうだろう。生活環境が変わったことを言い訳にして、自分の進路のことについてあまり考えないようにしていた。就職するつもりでいたけれど、正直、具体的なことを考えていたわけではない。吉原や安斎、そして天音のように確固たる目標はなく、あるのは焦燥と不安だけだ。

「すごいよな。吉原も。天音も」

褒めたつもりだったのだが、吉原は何故か苦々しく笑った。

「天音さんと、わたしは違うよ」

「あ、まぁ、楽器違うしな」

「そういうことじゃないんだけどね……」

「え？」

「ううん。天音さんは大学どうするの？　上に進むの？」

「聞いてないけど。どうかな。たぶん、そうなんじゃないかな」

高校卒業は僕にとっては一年以上先のことだが、天音にとっては数ヶ月後のことだということをすっかり忘れていた。正直、天音が一つ年上だという意識がなかった。

「付属って、成績かなり悪いとか、出席日数やばいとかなければ、ほとんど上に進めるんじゃないの？」

という甘い考えを口にすると、吉原は首を横に振った。

「付属にいても、大学に進むには実技試験、必須だから。やっぱり、それなりの技術がないと進めないの。結構、厳しいんだ。あそこ」

「そうなんだ」

「天音さんだったら問題ないだろうけどね。演奏会の話、聞いた？」

「演奏会？　清華で？」

「うん。十二月の半ばに。毎年あるんだ。定例演奏会。三年生が中心なんだけど、全員が出られるわけじゃないの。先生から推薦されるぐらいの技術がないといけないし、ソリストで出演するにはオーディションがあるしね」

「ふーん。全然、そんな話、聞いてないな」

「そっか。天音さんなら先生から推薦されるのは確実だと思うけど、ちゃんと決まるまでは言わないつもりなのかもね。ソリストのオーディション、結構、きついみたいだし」

「きついって？」

「オーディションそのものも厳しいみたいなんだけど、やっぱりクラスの雰囲気とかそういうのが、ぴりぴりするみたい。些細《ささい》なことで言い争いになったりとか、嫌がらせしたりとかもあるみたいで……」

　吉原の声は尻つぼみに小さくなった。

「嫌がらせ？　でも単なる学校主催の定期演奏会ってだけだろ」

出演者が教師によって選出されるぐらいだから、それなりに高いレベルの演奏会を学校側は演出するつもりなのだろうし、生徒側も三年間の集大成として目標とする場ではあるのだろう。だがライバルを蹴落としてまで、という感じの吉原の話がぴんと来ない。

「単なるじゃないんだよね」

吉原は少し自嘲気味に笑いながら、清華の定期演奏会が「単なる」ではないことを語ってくれた。

多くの演奏家を輩出している学校で開かれる演奏会とあり、将来有望な演奏家の卵たちを見に、音大の教授や評論家たちも足を運ぶのだという。その耳の肥えた聴衆を満足させる演奏ができる生徒だけにその舞台を踏むことが許され、またソリストとして選ばれた人の多くが、現在、演奏家として活躍しているということもあり、清華の生徒にとっては、他の音楽コンクールでの優勝に匹敵するぐらい、得たい名誉のひとつとなっているのだそうだ。

「すごいな。音高ってやっぱり違うんだな」

思ったことを素直に口にした途端、吉原の表情が何故か陰った。さっきからどうも僕は余計なことを言ってしまっているらしい。

「全然、やっぱり、普通の高校とは環境が違う」

吉原はうつむいて、少し悔しそうに唇を噛んだ。

「うち、親が音楽家ってわけじゃないでしょう。だから、わたしのことも、ちょっと他人よりヴァイオリンが上手で、好きなだけだと思ってるの。そんなにお金持ちじゃないから、レッスン代だって、ばかにならない。だから高校は普通科にしたの」

淡々と、まるで自分に言い聞かせるかのような口調だった。

「清華に行ってる友達の話聞いたりして、羨ましいとは思ったけど。でも、音大入ればいいんだって思ってた。だって、その子とはそんなに……」

差がなかったから。と言う吉原の声は掠れていた。

「だけど高校に入ってから友達はどんどん上手くなっていった。彼女が頑張ってるからなんだろうけど。でも、いい環境にいれば、わたしももっと上手くなれるんじゃないかって……」

吉原が何故、自分のことを話し出したのかわからず、僕はただきょとんとして、彼女の顔を見ていた。けれど、少しずつ彼女が何を語ろうとしているのか、理解できてきた。

「羨んでも仕方ないってわかってる。その分、わたしが頑張ればいいんだって思うけ吉原は言い淀み、続く言葉を呑み込むように深く息を吸い込んだ。

「……吉原……」

どう……」

かける言葉が見つからなかった。

「ごめん。秋月には、全然、関係ないことだね」

「いや、俺の方も無神経だったから」

演奏家を志す人が皆、天音のように恵まれた環境で練習ができるわけではない。吉原からすると、天音の境遇は羨ましい限りなのだろう。吉原の気持ちも考えずに天音のことを話していた自分の無神経さが恥ずかしくなった。

「ううん。いいの。わたしが勝手にいじけてるだけだから。わたし、秋月がクラシックに興味もってくれて嬉しかった。でも、今は、結構、複雑な気分」

「え？　なんで？」

僕の問いかけに吉原は答えず、問いを重ねた。

「ねぇ、秋月にとって、天音さんって何？」

僕は答えを返せなかった。

天音との関係を一体、どんな言葉で言い表せばいいのか。

僕にとって天音はどういう存在なのか。

未だ僕はその答えを導けずにいる。

他人ではいられなかった。かといって、家族といえるのかどうか。血の繋がりが家族の証明なのだとしたら、それはもう疑いようもなく家族だといえるのだけれど、その言葉にはまだ抵抗を覚える。

とはいえ、定まりきらない曖昧な関係がひどく心もとなくも感じてしまう。言葉でもって定義づけてしまえばそれで安心かといえばそういうことでもないのだが、もっと明確な何かがあればいいのにと思いもするのだ。


♪

家に帰ると、

「滝さん？　何か探してるの？」

滝さんがリビングの床に這いつくばり、テレビ台の下に手を伸ばしていた。しかしどう見てもその隙間にふくよかな腕が入るとは思えなかった。

「旦那様が写真を失《な》くされたそうなんです」

「私も詳しくは伺っていないんですけど、とても大切にされていたようで。手帳に挟んでいたらしいんです。心当たりございませんか?」

「写真? どんな?」

「自分の部屋にあるんじゃないの?」

父は家にいるとき、ほとんど練習室か、自室にいるのだ。リビングで物を失くすなんて考えにくい。

「探したそうなんですけどね」

「手帳を失くしたわけじゃないんでしょ?」

それならいつもとは違う場所に差し入れたんじゃないかと思ったのだが、僕の考えを見透かすように滝さんは首を横に振った。

まだ諦めきれない様子でテレビ台の下に目をやる滝さんに代わり、掃除用のモップを下に差し入れ、探ってみる。チリ一つついてこない。こんなところまで完璧だ。

「ありませんね。どこに行ったんでしょう」

「外で落としたんじゃないの?」

「そうかもしれませんね」

一応は納得を見せるが、まだ探し足りないのか、リビングの方々に視線を向ける。

それにつられて走らせた視線はある一点で止まった。リビングに滅多に顔を出さない父が先日、そこでピアノを弾いていたことを思い出した。

他を探しても見つからなければ、ピアノの下を探すと言い出しそうな気がする。どうか滝さんがそんなことを言い出しませんように、と願っていると、背後で扉の開く音がした。振り返らずとも、姿を見せたのが誰なのかはわかった。

「申し訳ありません。一通り探しましたが」

「そうか……」

落胆のため息が漏れる。

「他の場所も探しましょうか？」

「いや、ありがとう。もういい」

とはっきり言いながら、声は普段より幾分、沈んでいるような気がする。

僕は横目で父の様子を窺った。

その横顔には先日、天音に見せた厳しさはない。僅かな動揺も、微かな哀しみの影も見えない。いつも通り、隙のない冷静な父だが、思わず先ほどの落胆の影を探してしまう。

「手間を取らせたね。後はこっちでなんとかするから、気にしないでくれ。じゃあ、私は社に戻るよ」

リビングを出て行く父の背を滝さんが追う。

一体、どんな写真なのだろう。失くして惜しいものなら、手帳になんか挟まずに大事に保管しておけばいいのに。肌身離さず持ち歩きたいほどのものだったのだろうか。

僕は再びピアノに目を馳せ、逡巡の後、リビングを後にした。


♪


翌週の土曜日。夕刻、薄い闇の迫るリビングのソファに天音の姿があった。

「どこか行くの？」

黒のワンピースドレスを着て、首元にはパールのネックレスが光っている。普段はしない化粧もしているようで、唇がほんのり艶を帯びたピンク色に染まっている。

「あ、うん。ちょっと。パーティがあって」

と言う天音の表情は身につけたドレスや装飾品の華やかさとは裏腹にひどく憂鬱そうだ。

これまでも何度か業界関係者が集まるというパーティへ、父や三上さんと共に出掛けて行く天音を見てきたが、いつもひどく不安げで、心細そうな様子で、そんな天音のことを不憫に思っていた。けれど部外者である僕が口出しをすべきことではないと、いつもは何も言わずにいた。

しかし今日ばかりは、天音の陰鬱そうな顔を見て見ぬ振りはできなかった。

「行きたくないなら、行かなければいいんじゃないの？」

僕の言葉に天音は驚いたように目を見開いた。どうやら彼女の中に、行かないという選択肢はないらしい。

「具合悪いとかなんとか言えばいいんじゃないの？」

「でも行かないと。必要なことだから」

「だけど、天音は行きたくないんだろ」

「わたしはいいの。少し我慢すればいいだけだから」

その我慢を天音は一体、どれだけしてきたのだろう。天音の父に対する従順さがもどかしく、そして腹立たしい。

それでも天音が普段通りだったら、こんな風に引き止めたりはしない。

プロの演奏家として活動を続けていくには、もちろん才能だけでは足りないのだろう。社交の場に出ることもある程度は必要だという、父の考えもわからなくはない。

だから天音も必要なことだと言うのだろう。

天音に対する父の厳しさも、その他、父が天音に課していることはすべて、彼女の将来を思ってのことだ。

天音と父との間には確固たる信頼関係があり、僕の目には強いられているように映る事柄も、天音からするとそうではないのだろう。釈然としない思いもあったが、天音が納得しているのであればそれでいいと思っていた。

ただ父と言い争ってから、この一週間ほど、落ち込んでいる様子の天音を見ていたので、口出しせずにはいられなかった。

「本当に天音はそれでいいの？」

父の言葉がよほどこたえたのか、天音は以前よりももっと深くピアノの練習に没頭するようになった。食事中も思案顔で、目の前にはない鍵盤を追い、リビングのソファでうたた寝をしながら、唇は何度も同じ旋律を囁いた。眠っていても、鳴り響く音は、その眠りを浅くしているようでもあった。

父の言うことは正論だ。未熟であることを天音自身も自覚しているからこそ、さらに熱心に練習に打ち込むようになったのだろう。

しかし、父の言葉を受け入れられるからといって、傷ついていないわけではないのだ。必要なことだと言われても、納得できないこともあるのだ。天音がそう自覚していなくとも。

「あの人は、天音がどう思うかなんて、考えてるようには、俺には見えないんだけど」

そうだ。天音のことを本当に思っているのなら、もっと普段の彼女を気にかけて欲しい。そうしたら、僕だって天音にこんなことを言わなくて済むのだ。

天音は何か言いたげに唇を動かしたが、声が発せられることはなかった。僕は天音が反論しないのをいいことに言葉を続けた。

「天音はただあの人の言いなりになってるだけなんじゃないの？」

僕を見る天音の目が険しくなる。

「父のことを悪く言わないで。何も知らないのに」

「そう……だけど……」

わかっている。僕が口を挟むことではないということぐらい。言ったところで、そう、天音は父につく。それぐらいわかっている。

「……ごめん……」

僕が謝ると、天音ははっとしたように硬い表情を解いた。

「ううん。あのね……父は厳しいときもあるし、ちょっと考えに追い付けないときもあるんだけど……基本はそんなに……」

「いいよ。わかってる。俺もちょっと言い過ぎた」

天音を怒らせたいわけでも、父を庇《かば》わせたいわけでもなかったのに。ただ言いたかったのは、

「そろそろ時間だから。行かないと」

天音は覚悟を決めたようにすっと立ち上がった。

「無理するなよ」

そう、言いたかったのはそれだけだ。

「無理はしてないよ。ただちょっと苦手なだけ」

少しだけ本音を漏らした天音の表情は僅かだが柔らかくなった。以前、滝さんが天音のことを頑固だと言っていたことを思い出した。天音が一度下した決断を覆すのはなかなか難しいことなのだろう。

「嫌になったら適当に具合悪いとか言って、抜けて来いよ。きっと三上さんがなんとかしてくれるからさ」

具合が悪いと言う天音に無理を強いることはしないだろう。そういう抜け道がある

ことを知っていれば少しは気も楽になる。

「上総は……優しいね……」

僕を見つめる眼差しが何故かふと哀しげに揺れる。

「でも、そんなに優しくしないで。わたしは上総に優しくされる資格なんてないんだよ」

「どういう……」

意味？　問いかけようとして言葉が喉に詰まる。

それ以上、訊いてくれるなと、天音の目は僕に訴えていた。

最近、天音はやんわりと僕を突き放すようなことばかり言うようになった。拒絶されているわけではないけれど、それでも天音が少しだけ僕から遠ざかろうとしているのがわかった。

良好な関係が保たれていると思っていた僕はただ戸惑うばかりで、天音の変化の理由を思いつけずにいた。何か気に障るようなことをしただろうか。確かにさっきは父を責めるようなことを言ったけれど、天音の変化はそれ以前からのものだ。父がピアノを弾いていたのを見たあの日から徐々に、そして父との言い争いを経てそれは確実になったようだ。

「ごめんね。じゃあ、行くね」

と身を翻した天音の手がテーブルに載っていたものを摑み損ね、はらりと床に落ちた。それに手を伸ばしかけると、

「触らないで」

勢いよく手を払いのけられた。驚いて見ると天音の顔は苦渋に歪んでいた。

「ねぇ、そんなに似てる？　わたしと……」

そう言った天音の口許が自嘲するように歪む。

「ごめん。なんでもない」

天音は落ちたものを拾い上げ、握りつぶすと、少し腹立たしげにゴミ箱に投げ入れ、去って行った。

なんだったのだろう。首を傾げながら天音がゴミ箱に捨てたものを拾い上げた。

硬い手触りのそれを開いた瞬間、息ができなくなった。

写真だ。

病院のベッドの上で、生まれたばかりの赤ん坊を抱いた母の写真。日付は僕が生まれた日から数日後。まだ覚束《おぼつか》ない顔つきの小さな赤ん坊、おそらく僕を母が抱き、父が天音を抱いて写っている。少しぎこちない笑みを浮かべた父と満ち足りたように笑

う母、つぶらな瞳をさらに大きくして好奇心をのぞかせる娘、そして腕に抱かれ安心し切った様子の息子。幸福な家族の肖像だった。

家族四人が写っている写真を見るのは初めてだ。

母はこの家で暮らしていたころの写真を何枚か持っていたけれど、それは主に僕が写っているものだった。遺品の整理をしていて天音が写っているものは何枚か見つけたが、家族写真はおろか父が写っているものは一枚もなかった。

父が探していた写真はこれだろうか。

母のことなど一言も口にしない。そんな父がこんな風に笑うなんて。こんな写真を持っていたなんて。見たくなかった。知りたくなかった。

母が亡くなったとき、通夜にも葬式にも顔を見せなかった。それについて恨み言を言うつもりはなかった。別れたのだ。もう他人なのだからむしろ来なくてよかったと思った。けれど本当は父が顔すら見せなかったことに落胆していた。

ずっと母は父を想っていた。

母が父について語らなかったこと。父の写真が一枚もなかったこと。それは想い続けていることの裏返しだったのだ。想いを残しているからこそ、この家で過ごした日々を思い出すことはできなかった。思い出してしまえば戻りたくなってしまうから。

だからどこかで期待していた。父も同じだと。離れて暮らしていても同じ気持ちでいてくれるのだと。安っぽいメロドラマ並みのストーリーを思い描いていた。しかし突きつけられたのは無味乾燥の当然といえば当然の現実だった。

それを受け入れたつもりでいたけれど、本当はずっと胸の奥にわだかまっていた。一体、父にとって母はどういう存在だったのだろう、と。

両親が離婚した理由を知らなくてもいいと思っていたのは、本当は問いかけるのが怖かったからだ。

父にとって、母がピアニストとしての価値がなくなってしまえば、切り捨てられてしまうような存在だったとは思いたくなかった。

一方で、いっそ父がもっと非情な人間だったらよかったと思いもした。そうしたら差し伸べられた手をすぐに振り払ってしまえた。憎むこともできただろうし、恨むこともできただろう。罵ることもできたはずだ。けれど、父は僕にそうさせてはくれない。

僕をただ戸惑わせるばかりで、確かなものを何ひとつ与えはしない。そんな父を腹立たしく思いながら、結局、父への期待を捨てきれない自分が情けなくなる。こんな写真ひとつに揺り動かされることが嫌でたまらない。

しわくちゃになった写真をなんとか真っすぐにしようとしながら、天音がこの写真を投げ捨てた理由に思いを馳せた。

「あの人」と天音が呼んだのが誰なのかわかった。

今更、払いのけられた手がひりひりと痛む。

僕と天音との間に深く刻まれた溝は未だ健在であることを思い出した。

天音の母に対する思いは変わっていない。

「家族なんて認めない」

この家で暮らし始めたばかりのころ、天音が放った言葉が今になって鉄の塊のように重くのしかかってきた。

天音のことを嫌いになれればいいと思った。受け入れるよりも、反発していた方が余計なものを抱え込まなくて済む。その方が楽だと思った。けれど、結局、天音のことを嫌いになれなかった僕は、彼女の態度に、言葉に揺り動かされる。

こんなはずじゃなかった。叔父に迷惑をかけず、暮らしていける場所があればいいと思っていた。ただそれだけで何も望まないつもりだったのに。

いつの間に僕はこんなに弱くなってしまったのだろう。

幸福そうではなく、このとき、確かに幸福だったと感じられる笑顔に胸が締め付けられる。

♪


写真に切り取られた一瞬と、日々の積み重ねの中で見た母の姿を比べることはできないとわかっていても、時折、ふと沈み込んだような表情で、どこか遠くを見つめていた母と写真の中で笑う母があまりに対照的で、思わずにはいられない。

あの家を出てからの母は幸せだったのだろうか。

どうして、このままではいられなかったのだろうか、と。

考えても詮無いことをあれこれ考えてしまう。思考はぐるぐると同じところを回り続ける。そして結局、答えは出ないまま、問いかけたい人はもういないという事実に思い至り、立ちすくんでしまう。

天音がこの写真を投げ捨てた日から二週間が経っていた。

あの日以降、天音と顔を合わせる機会が減っていた。清華での演奏会関連で帰宅の遅い日が多くなり、その後のレッスン時間が後ろ倒しになるため、夕食もばらばらにとるようになってしまったのだ。

そうなると、天音と会うのは朝食の席だけで、朝の苦手な彼女とゆっくり話す時間などなく、時折、廊下ですれ違っても、大概、脳内レッスンの最中で、声をかけても返事はなかった。意識的に避けられているのではないとわかっていても、動揺は隠せなかった。

「次、生物、移動だよ」

吉原に声をかけられ、はっとして辺りを見回すと、教室に人影はほとんどなくなっていた。安斎の姿もない。どこへ行くのも連れ立っているわけではないが、声をかけるぐらいしてくれたっていいものを。

「行こう」

吉原に促され、教科書を持って教室を出た。他愛ない話をしながら歩いていると、吉原はふと言葉を切り、気遣わしげに僕を見上げてきた。

「何かあったの？」

「え？　べつに」

「ちょっと元気ないみたいだから」

「そうかな？　普通だろ。これが」

笑顔を取り繕って見せながら、そのわざとらしさに我ながら呆れて、ため息が出そうになった。以前はもう少しなんでもない振りが上手かったような気がする。何かあったのかと訊かれない程度に。

「わたしじゃ、話せない？　相談相手にもならないの？」

「そんなことないけど。相談するようなことないから」

母のことについて話せばきっと余計な心配をかけてしまうだろう。吉原が僕を気遣ってくれる気持ちはありがたいと思うけれど、彼女に話して解決できる事柄ではないのだ。

「そうだよね。秋月はいつもそう」

吉原は少し呆れたような、それでいて哀しそうな顔をした。

「本当は平気なんかじゃないのに。平気な振りされたら、何も言えないじゃない」

吉原は少し腹立たしげに言い捨てると、歩調を早め、僕を置いて行ってしまった。

じゃあ、どうしたらよかったんだよ。喉元まで迫《せ》り上がった言葉をなんとか呑み込んだ。吉原が立ち去ってくれてよかった。彼女に八つ当たりをしてしまうところだった。

写真をくしゃくしゃに丸めて投げ捨てた天音の気持ちが少しわかったような気がし

た。

今更こんなものを見せられたって、父が後生大事に持っていたことを知らされたって、折り合えない気持ちもあるのだ。こんな写真ひとつで心をかき乱されるぐらいなら、いっそ見なかったことにして、投げ捨ててしまいたい。と思うのに、性懲りもなく写真の折り目を伸ばそうとしてしまう。

何度見ても変わらない。

幸福な家族の肖像。

自分が本当は何を望んでいるのかを知らず見せられたような気がした。

♪

午前一時。足元からひたひたとにじり寄って来る冷たい空気にひやりとして、シャープペンを置いた。十一月も終わりに差し掛かり、朝晩とずいぶん冷え込むようになった。ベッドの上に放り出していた靴下に足を突っ込み、パーカーを羽織る。

再び時間を確認して、いい加減、寝ようと思い布団をめくると、向かいの部屋から扉が開閉される音が聞こえてきた。足音が階段を下って、遠ざかって行く。数分すれば戻って来るだろう。と言い聞かせて、電気を消し、布団に潜り込む。目をつぶって、眠りが訪れるのを待っている間、時間は一分、二分と刻まれていくが、遠ざかって行った足音が戻って来る気配はまるでない。

たまりかねて飛び起き、半ば苛立ちに任せて階段を駆け下りる。リビングやキッチンにその姿はない。トイレや洗面所の明かりも消えていた。残るところは……練習室か。僕には無関係な場所だし、なんとなく入ってはいけない場所のような気がして入ったことはない。けれど、このまま天音の姿を見ずに眠ることなんてできない。

練習室のある別棟へ向かおうとしたところ、玄関へ向かう廊下に明かりがついていることに気づいた。そちらへ足を向けると、玄関先にしゃがみ込んで、靴を履く天音の姿を見つけ、慌てて駆け寄った。

練習室にいるよりも心臓に悪い。靴を履いているということは当然、外に出て行くつもりなのだろう。

「出掛けるの？」

僕の声に驚いたようではあったが、振り返った天音は平然と頷く。

「こんな夜中に？　どこに？」

「コンビニ」

と答える声は少し不機嫌そうだ。
「買い物？　何買いに行くの？」
つい詰問するようになってしまった僕を天音は怪訝そうに見ながら、「アイス」と
ぼそりと答えた。探したけど、なかったから。とも付け加えた。
甘い食べ物は常備品となっているので、冷蔵庫や棚の中を探せば出てくる。けれど、
夏場の常備品「アイス」は、季節の移ろいと共に冷凍庫の中からは消えてしまった。
初冬の夜中に天音がアイスを食べたいと言い出すとは、さすがの滝さんでも予想でき
なかったのだろう。
「夜中だよ。今じゃなくてもいいんじゃないの？」
「今、食べたいの」
と言う表情は駄々をこねる子供とは違い、ひどく苦々しく、切実そうだった。
「プリンとか、甘いものなら他にもいろいろあるだろ。それで我慢しなよ」
たしなめるように言うと、天音は逡巡するように視線を宙に馳せた。一応、僕の提
案を検討はしてくれたらしい。けれど、首は左右に振られた。そして大きく息を吸い、
言葉と共に吐き出した。
「眠れないの」

苦しそうに寄せられた眉。腫れた瞼。目の下にうっすらと浮かぶ消えない影。ぐったりと落ちた肩。体は怠《だる》く、眠くて、すぐにでも眠れそうな状態なのに、体をベッドに横たえて目をつぶっても眠りは訪れない。

方法はともかく、なんとか気を落ち着かせて、眠ろうとしている天音を引き止めるのは酷だろう。

「わかった。ちょっと待ってて。俺も行くから」

「どうして？」

しごく不思議そうに見つめられて、狼狽《うろた》えた。甘いものを求める彼女にとって、夜中だということはなんら障害にはならないようだ。人通りのなくなった夜道を一人で歩くのは、かなり危険な行為だということには思い至らないらしい。

「どうしてって、俺も食べたくなったから」

心配だから。と言ったら一笑に付されてしまうのだろう、という気がして言えなかった。

昼間でも人気《ひとけ》のない閑静な住宅街は、夜になると不気味な静寂をまとっていた。

並んで歩く足音が暗闇の中に吸い込まれていく。

「今までも、夜中にひとりで出歩くこととかあったの？」

「うん。たまに」

あっさり答えられ、肩の力が抜ける。なんだろう、この危機意識のなさは。時々、肝心なことが抜けているのは、過保護故、なんだろうか。

「あ、もしかして、心配だからついてきてくれたの？」

「ち、ちが……いや、それもあるけど」

「平気だよ。今まで何もなかったんだから」

天音はさらりと言って退《の》ける。

「そういうことじゃないだろ」

僕は思わず語気を強めていた。天音の無防備さに腹が立った。今までは運良く何もなかっただけで、この先、何もないとは言い切れない。今日だってそうだ。僕が気づかずに天音がひとりで出掛けてしまって、何か事故や事件に巻き込まれていたら、と想像したらぞっとした。

「天音に何かあったら傷つくのは天音だけじゃないんだから」

そう、傷つくのは本人だけではない。彼女に関わる人たちすべてが傷つくのだ。父

も、三上さんも、滝さんも、そして、

「俺だって傷つく、あ……」

と思わず口にしてしまってはっとした。それぐらいもうすでに天音の存在は僕の中で大切な位置を占めるようになっていたのだと初めて気づいた。

頭の中でごちゃごちゃ考えてみても、心の方が正直だ。他人だろうが、家族だろうが、天音を大切に思う気持ちには違いはないのだ。

「とにかく危ないんだから、これからは夜中にひとりで出歩いたりするなよ」

天音は一瞬、迷うように視線を宙に馳せた。またやんわりと突き放されるのかと身構えたが、天音はためらいながらも、首を縦に振った。

「わかった。もうしないね」


住宅街を抜けたところに店を構えるコンビニで、目的の品を目の前にし、天音は嬉々《きき》としていた。眠れない。と深刻な顔をしていたのが嘘のように笑顔になって、散々悩んで選んだチョコレートアイスのカップを手にレジへ向かって行った。

夜中にひとりで出歩かれるのは困るけれど、結果、今回はひとりではなかったわけだし、これで天音の気が落ち着くのなら仕方がないのかなと思った。

帰り道、なんとなく視界が明るくなったなと思い空を仰ぐと、家を出たときには雲に隠れて薄ぼんやりとしていた月が顔をのぞかせていた。濃密だった闇は月明かりに溶け、幾分和らいだような気がした。そのせいか少し緊張が解かれ、歩く速度が次第に緩やかになっていった。

「そういえば、天音はやっぱり付属の音大に進むの？」

ずっと訊こうと思いながらも、なかなかタイミングがなく訊けずにいた。すぐに返事が返ってくると思っていたのだが、

「え？　うん……あ、ううん」

天音は肯定とも否定ともつかない曖昧な返事をする。

「どっち？」

「あ、上には進まないけど……」

「そうなんだ。他の大学受験するつもりとか？」

確かに清華ばかりが音大ではないけれど。

「あ、うん。そうなるのかな……」

天音は視線をさまよわせ、うつむいた。

どこか他人事のような物言いがひっかかる。

「志望校、迷ってるの？」

「んー迷ってるっていうか、決まってることだから、どうしようもないんだけど……」

はっきりしない態度に胸が騒いだ。

「決まってるんだったら、教えてくれても……」

「ね、上総は？　高校卒業したら、どうするの？　大学行くの？」

追求を避けるように言葉を遮り、僕に話を振った天音の態度に釈然としないものを感じながらも、話を振られてしまったので、つい考えてしまった。

「わかんないよ。考えてない。一年以上、先のことだから」

情けないな、と思いながらも、正直に答えるしかなかった。

「そっか。だよね。でも、遠慮することないと思うよ」

「遠慮って？」

「いろいろ。上総は気を遣いそうだから」

天音は見透かすように僕を見ていた。

僕の進路について、父が干渉してくるということはおそらくないだろう。かといって、一言の相談もなしに決められることでもない。父が僕の決定について、どんな反応を示すのかは不安ではある。遠慮とか、気を遣うとか、そういうことはあるのか。いや、その前に、まだ何も決まっていないのだ。

「そうでもないよ」

「そうかな？　例えば上総が行きたい大学があったとしても、父にこの大学に行って欲しいって言われたら悩むでしょう」

「そりゃ考えるだろ。一応……」

天音は思わぬところで、鋭く核心をついてくる。たとえ話なのに妙に現実的で、少し焦った。実際、それを父に言われたら遠慮するとか、気を遣うとかいう次元ではないような気がするのだが……。

僕があれこれ頭の中で考えを巡らせ、焦っているのを察したのか、

「じゃあ、天音のマネージャーになれとかは？」

と天音はいつになく明るい声を発した。

「いや、それは無理」

三上さんの仕事は常々、僕に勤まるものではないと思っていたので、考える間もなく即答していた。

天音はそれが不服だったらしく、

「あ、即答。考えるって言ったよね」

と口を尖《とが》らせた。

「嫌なんだ。わたしのマネージャーやるの」

「えっ、い、嫌ではないけど」

「じゃあ、わたしが頼んだらやってくれるの？」

上目遣いでそう言われ、少しどきりとしてしまう。

「わかった。じゃあ、三上くんに上総がマネージャーやりたいって言ってたって伝えておくから」

半ばからかうような色が目に浮かんでいて、冗談なのはわかるのだが、何故だか妙に焦って、

「えっ、俺、ピアノのことなんにも知らないから、無理だって」

しどろもどろになる僕を見て、冗談だよ、と天音はくすくす笑い出す。そして唐突にぴたりと足を止めてしまった。途端、笑い声も途切れた。

怪訝に思い、振り返ろうとすると、背中にとんと軽い衝撃が走った。首をひねって見ると、天音が僕の背中に寄りかかるように額を押し付けていた。背中に天音の熱を感じた。冷えていた体が背中からじんわりと熱くなっていく。

「いつから眠れないの？」

天音が大きく息をするのがわかった。

彼女が眠れないのは今日に限ってのことではない。

父との言い争いを経て、浅くなった眠りは、日を追うごとにひどくなっていった。練習を終えて部屋に戻って来てからも、何度か出入りする音が聞こえていた。落ち着かない様子で階段を下りたり、上ったり、深夜近くまでそんな状態が続いていた。ここ一週間は特にひどく、やっと部屋に入って静かになったと思うと、明け方近くに声にならない、掠れた悲鳴のようなものが聞こえてきた。

そんな風に天音が苦しんでいるのはずっとわかっていた。原因もなんとなく予想はできた。

父から演奏について叱責を受け、自信を失くしているところへ、追い打ちをかけるようなことが、おそらく学校であったのだろう。

清華の定期演奏会での、ソリストの選出において、吉原が話していたように、嫌がらせされるといったことが本当にあるのなら、「ちょっと嫌なこと」だったものが、次第に本格的な嫌がらせに発展してもおかしくはない。

演奏に対する評価なら研鑽《けんさん》を積むことではねのけてしまう強さがある一方で、心ない一言に傷つき、「病気なの」と卑屈に笑う弱さがあることを知ってしまったから、本当は心配でたまらなかった。

ただ学校での出来事に触れていいものなのかどうか迷いがあった。最近では僕が少しでも気遣うようなことを言うと、身を引くようになってしまっていたし、普段はできるだけ平静を装う天音を見たら、何も言えなくなってしまっていた。

吉原が腹立たしくも、もどかしそうに僕に言った言葉がそのまま自分に跳ね返ってきていた。平気な振りをされてしまったら、気遣うことすらできなくなってしまう。平気ではないことを知りながら、何もできない自分が腹立たしくも、もどかしかった。吉原にもそんな思いをさせ続けていたのだと思うと、少し申し訳ない気持ちになった。

言おうか、言うまいか、天音が逡巡しているのが伝わってきた。僕は黙ったまま、天音が口を開くのを待った。誰に似たのか頑固なのは僕も同じだった。

我慢比べに負けたのは天音の方で、ため息交じりに口を開いた。

「……うとうとすると夢を見るの。ピアノが……弾けなくなる夢……」

真っ白い部屋の中に置かれたピアノの前に座っている。聴衆の姿は見えないが、その気配だけは感じられる。自分を取り囲むように見ている視線だけを感じる。ピアノを弾こうと思い、鍵盤に手をかけるのだけれど、何も思い浮かばない。頭は真っ白で、腕は重くて、音は聴こえない。しばらくすると気配は去って行く。

「みんな、わたしの周りからいなくなっちゃうの」

父も、三上くんも、みんな。消え入りそうな声で呟く。

「ピアノを弾けないわたしに価値はないから」

感情を極端に抑えた低く、冷たい声音。それと裏腹に怯《おび》えるように震える指先。鍵盤を離れた指はひどく頼りなく、弱々しい。その指は迷いながら、ためらいながら、僕の服の袖を摑んだ。

確かに天音の言うことは間違ってはいない。少なくとも森川天音のピアノの才能に期待し、価値を見出している人にとっては、ピアノを弾けなくなった天音に価値はないと判断し、離れて行くのだろう。

けれど、いくら父が天音の才能に期待し、価値を見出していたとしても、娘としての天音を見放すことはないだろう。かつて父の弟子だった三上さんが今も父の片腕として働いていることが何よりの証明だ。

三上さんも、滝さんも、天音がピアノを弾けなくなったからといって、離れて行くことはない。天音が怯え、恐れを抱いているようなことは起こらない。

「ねぇ、上総、ピアノが弾けなくなったら、わたし、どうなるんだろう」

変わらない。何も。ピアノが弾けなくても、天音が天音であることは変わらない。とは言えなかった。慰めの言葉がこの状況では役に立たないことぐらいわかった。

父にとって天音は自分が手塩にかけて育てるピアニスト。

三上さんにとって天音は夢であり、希望なのだ。

天音は何よりも父の期待に応え、父を喜ばせたいと思っている。そして、三上さんの夢であり、希望に応えようとしている。ピアノを弾けなくなるということは、この二人の期待を裏切ることなのだ。それは天音にとって堪え難いことなのだろう。

「怖いの。弾けなくなるのが。でも、時々、弾けなくなってしまえばいいって思うの。どうしてかな」

相対する、矛盾する思いに戸惑いをのぞかせる。

ピアノを弾けない自分に価値はない。と誰よりも強く思っているのは天音自身なのだ。だからピアノが弾けなくなることを恐れている。けれど、その一方で、ピアノを弾くことの苦しみから解放されることを無意識に願ってもいるのだろう。それは父にも、三上さんにも決して言うことはできない天音の本心だ。

ピアノがないと生きていけない。

そう言った天音のピアノにかける情熱を、音楽に注ぐ愛情を羨ましいと思った。同時に妬ましいとさえ思っていた。僕はその言葉が本当に意味することをわかっていなかったのだ。

頭の中にはいつも音楽が流れていて、どこにいても、何をしていても、指が鍵盤を欲して動く。夢の中でも音は鳴り響き、譜面を追う。

それはつまり心休まる暇など、ほとんどないということなのだ。休息を求める体とは裏腹に指はピアノを求める。日々のほとんどを身も心もピアノに捧げている状態なのだ。

いくら好きでやっていることとはいえ、辛《つら》くならないはずがない。

「天音……」

僕は一体、天音に何をしてあげられるのだろう。そう思いながら、ただその存在を確かめるように、冷たくなった手をそっと握ってあげることしかできなかった。

♪

翌朝、出がけに顔を合わせた天音の表情は、どこかピントがぼけている感じだった。目が眠そうにとろんとしていながら、眉根は苦々しく寄せられていた。寝不足のせいなのかもしれないけれど、いつもとはどこか様子が違い、なんとなく気になりながら家を出た。そして、そのことを思い出したのは、昼休みに三上さんから電話がかかってきたときだった。

授業中は落としている携帯電話の電源を昼休みになって入れた途端、着信を知らせるランプが点滅を始めた。学校にいるときに、三上さんから電話がかかってきたことなどなかったので、少し怪訝に思いながら電話をとった。

『上総さん、今、お時間宜《よろ》しいですか？』

少し焦り気味の声が聞こえてきた。

「はい。どうしたんですか？」

焦る三上さんにつられて、早口になった。

『天音さんから、何か連絡はありませんでしたか？』

「天音から？　いえ、何も。何かあったんですか？」

『いえ、あの、実は……天音さんの居所がわからなくなってしまっていて。どうやら、学校には行っていないようなんです。何か心当たりはございませんか？』

「え？　朝、送って……」

『学校まではお送りいたしました。ただ教室には姿を見せていないようなんです。学校から連絡がありまして』

「天音のケータイは？」

『呼び出しはされますが、繋がりません』

「家には？　滝さんがいるんじゃないんですか？」

勢い込んで、僕は訊いた。

『連絡はいたしましたが、買い物に出ているそうなんです。ですので、ご自宅にいらっしゃるのかどうか、まだ確認はできておりません。これからご自宅へ向かいます。もし天音さんから何か連絡があればよろしくお願いします』

「え、あ、はい」

慌ただしく電話が切られる前にかろうじて、返事をしていた。

三上さんの言葉を反芻《はんすう》する。

天音の居所がわからない。学校をサボって、ふらふらと遊び歩いているということも考えられるけれど、天音に限ってその可能性は低い。学校を抜けて、彼女が向かう場所といえば一つしかない。

ピアノを弾いていないと不安だと言っていた。弾けなくなるのが怖いと。そして、時々、弾けなくなってしまえばいいと思うとも。そんな思いを天音自身が許すわけがない。抱いた思いを払拭するため、彼女がすることといえばピアノを弾くことしかない。

きっと家にいる。練習室で、ピアノを弾いている。

それだけならいい。だが……朝、出がけに見た天音の様子を思い起こす。

目はうつろで、顔は赤かった。眉が寄せられていたのは、頭痛のせいだったのかもしれない。いつもと様子が違うはずだ。そうだ。天音は具合が悪そうだった。どうして、すぐにそれに気づかなかったのだろう。

教室を飛び出し、階段を二段抜かしで駆け下りる。廊下を走っていると、すれ違う人と肩がぶつかった。その拍子に相手が持っていたプリントが廊下に散らばった。

何故かその光景が不安をあおり、立ちすくんでしまった。

——母が倒れたと知らせを受けた、あの日のことが頭を過《よぎ》る。

「どうしたの？　何かあったの？」

はっとして振り向くと、驚いた表情の吉原と目が合った。

「いや……ごめん……」

足元に散らばるプリントを拾い上げようとすると、

「わたしのことはいいから、急いでるんでしょう」

口早に制された。

「ごめん、えっと……」

「いいよ。話は後で。何か力になれることあったら連絡して」

吉原の言葉に背を押され、僕は再び駆け出す。

不安と混乱を抱えたまま走り続けた。

あの日は雨が降っていた。春先の細かな冷たい雨だった。

けれど、今は春ではなく、雨も降っていない。

母と天音は違う。そう思いはしても考えれば考えるほど、悪い方向に思考は向かっていく。

僕はまた何もできないまま、大切な人を失うのだろうか。

それは……嫌だ。

あのときと、同じ思いはしたくない。

同じ後悔はしたくない。

手のひらはじっとりと汗ばみ、指先は冷たくなっていく。前に踏み出す足は、はやる気持ちとは裏腹に泥の中を走っているかのように重く、苛立ちが募っていく。走りながら、天音の携帯に電話をかけてみたが、ただ呼び出し音が虚《むな》しく響くだけだった。

大通りに出てタクシーを拾い、家に着くと、三上さんはまだ到着していなかった。滝さんも戻っていないようだ。

読み込みの遅いカードキーに悪態をつきながら、玄関に駆け込んだ。靴を脱ぐのがもどかしい。脱ぎ捨てた靴が扉に当たって鈍い音を立てた。よく磨かれた床に靴下を履いた足が取られる。長い廊下が、広い家が憎らしかった。

外来診療の終了した病院のロビーは閑散としていた。時折、白衣姿の医師や看護師が足早に通り過ぎるだけで人影はない。診療時間であれば診察を待つ人がずらりと座っている長椅子に腰を下ろしているのは、僕だけだった。膝の上で握りしめた手が白くなっていることに気づいて指を解いた。額に触れたときの熱がまだ指先に残っているような気がした。

近づいてくる足音に顔を上げると、父が傍に立っていた。

「風邪をこじらせているそうだ。疲労もあるのだろうから、入院して様子を見ることになった」

父は深く息をつきながら、僕の隣に腰を下ろした。

ピアノの鍵盤の上に顔を突っ伏した状態で動かない天音を見て、ただ茫然と立ち尽くしていた僕とは違い、少し後から駆けつけた父は冷静に対応した。天音の状態を確認し、毛布と水を用意することを僕に指示した。そして病院に電話をし、診療してくれるかどうかなどを確認した上で、車で天音を病院に運んだ。

元々、懇意にしている病院ではあったらしいけれど、連絡を入れていたことで病院側の対応は早かった。父はもう入院の手続きを済ませてきたらしい。

誰よりも早く駆けつけてみたものの、僕ひとりだったら何もできず、ただ立ちすくむだけだったのだろう。それを思うと父の存在はありがたかったが、同時に己の未熟さや無力さを見せつけられ、素直に感謝することはできなかった。

横目で父の様子を窺うと、その横顔は幾分、疲れているように見えたが、頬に寄る影が仕事の忙しさからのものなのか、天音を心配してのものなのか、僕には判断がつかない。

思えば父と二人きりという状況は初めてかもしれない。二度の会食の席ではどちらも天音が同席していたし、家ではすれ違う程度で、挨拶はするが、改まって話をしたことはない。この先も、僕が望まなければ父と二人で話す機会など訪れることはないのだろう。この機会に訊きたかったことを訊いてしまおうかと迷いながら、父の横顔をしばらく眺めていた。

すると、視線を感じたのか、正面を向いていた父の視線が不意に僕の方を向いた。だがそれはすぐに逸らされてしまった。僕の存在など気にも留めていないようなその態度に微かな苛立ちを覚え、それに任せて口を開いた。

「どうして、俺のこと引き取る気になったんですか？」

口にしてみるとやけに陳腐な問いかけのような気がして恥ずかしくなったが、言った言葉を取り消すわけにもいかず、父の反応を待った。僕に声をかけられたことに父は少し驚いた様子だったが、すぐにいつもの冷静な父に戻り言った。

「どうして？　きみが未成年のうちは保護者が必要だろう」

ひどく事務的な言い方だった。いくらそれが本心だとしても、本人に向かってその言い方はあんまりだろうと思った。だが父は気にしている様子もない。

「それだけですか？」

「私はきみの父親だ。他に理由が必要かな？」

強く言い切られたことに腹が立った。

どうして、この人は僕の癇《かん》に障るような言い方しかできないのだろう。明確な事実に基づく理由ではなくて、もっと何か……。温かな言葉が欲しいと思った。それを期待しないと割り切ったつもりでいたのに。思わず自嘲が浮かんだ。

「だったら、どうして、今だったんですか？　今更……」

たっぷり皮肉を込めたつもりだったが、父がそれに気づいたのかどうか、変化のない表情からそれを読み取ることはできなかった。

「母親を失ったばかりのきみを混乱させたくはなかった。冷静な状態で判断をして欲しかった。きみにとって一番、何が望ましいことなのか。だから待った」

「冷静な状態って……」

思わず鼻で笑ってしまった。一体どんな状態のことをいうのだろう。今でもこんなに取り乱している。天音に母の姿を重ねて、こんなに狼狽えている。胸の奥からこみ上げてくる感情を抑えるように両腕を抱きかかえた。けれど、父に期待した幼い自分が言葉を急《せ》かした。

「風邪だからたいしたことないって言ってたのに」

家で倒れて、病院に運ばれたと叔父から知らせを受けたのは学校にいるときだった。数日前から母は体調を崩し、その日はとうとう寝込んでしまっていた。けれど僕は母の病状がそんな重篤なものだと思わず、普段と同じように学校へ行き、友人たちと談笑にふけっていた。母がひとりで苦しんでいることも知らずに笑っていた。

「肺炎だったんです。薬飲んでも全然治らなくて、咳《せき》も出てて、息をするのも苦しそうだった。熱もあったはずなのに」

僕に心配をかけまいとしたのだろう。「大丈夫」だと言って、笑っていた。薬を飲んで寝ていれば治るという母の言葉を信じていた。いや、おそらく母自身もただの風邪だと、おとなしく寝ていれば回復すると思っていたのだろう。

母が亡くなる一週間ほど前にコンサートがあった。年に一度、母が参加していた団体と同じようなボランティア活動をしている団体が集まり開催されるチャリティーコンサートを、母はとても楽しみにしていて、いつも通り、呆れるぐらいの熱心さで練習に勤《いそ》しんでいた。そして案の定、コンサート後、体調を崩した。母が体調を崩すいつものパターンだった。

プロの演奏家ならともかく、プロではなくなった母の演奏がどんなものだろうと、正直、評価をしてくれる人はいない。にも拘らず、どうして母は無理をしてまで、ピアノを弾くのだろう。と思うことこそあれ、ピアノに向かう母には何を言っても無駄だと思い、何も言わなかった。寝食を忘れ、ピアノの練習に没頭する母に対する心配は、次第に苛立ちに変わっていて、いつからかピアノに向かう母の姿から目を逸らすようになっていた。体調のすぐれない母を心配しながらも、どこか「またか」と呆れるような思いがあった。

あのときも、いつもと同じだと思っていた。けれど、そうではなかった。風邪はこじれ、肺炎を引き起こし、病院に運ばれたときには重体に陥っていた。

「もっと早く、無理にでも病院に連れて行ったら……」

胸の奥に押し込めていた思いが溢れ出る。

どうして、もっと早くに気づかなかったのだろう。もっと母の体調に気を配り、無理にでも病院に連れて行っていたら。もしも、という可能性に募らせる後悔は日増しに強くなっていった。考えてもどうしようもないことに苛立ちを覚え、自分を責めた。

おまえのせいじゃない。と叔父なら半ば叱責するような口調で、そう言うのだろう。叔父は僕を励ましてくれる。確かにそのときはそうなのだと思うのだ。けれど、しばらくすると僕はまた同じ思いに囚《とら》われていく。

もしも、あのとき……。

「私も……」

深い息と共に吐き出された声に思考を引き戻される。

「私も、もしもということを考えない日はない」

思いがけない言葉にはっとして父を見ると、その表情は相変わらず、冷静さを貼り付けていた。けれど、僕はその中に父の悔恨を見たような気がした。父もまた「もしも」という可能性に囚われているのだとしたら、それは……。

ふとポケットに突っ込んだままの写真を思い出した。

ぎこちなくも、穏やかな笑みを浮かべる写真の中の父。あのころと同じ気持ちが父の中に残っているのだとしたら……。訊いてみようか、父の母への思いを。この写真を見れば、普段はまったく見せない本心を語ってくれるかもしれない。

写真を取り出そうと、ポケットに手を入れた。それと同時に、

「さぁ、今日は帰ろう。天音には三上がついていてくれる」

と父が腰を上げた。

「でも……」

「このままでは、きみの方が倒れてしまいそうだ。それでは本末転倒だろう。帰ろう」

労《いたわ》るようにそっと背中に置かれた手は、はっとしたようにすぐに離れてしまったけれど、それは父が初めて僕に向けた優しさだった。

♪


次の日、病室に顔を出すと、天音はベッドの上に起きて楽譜を眺めていた。

今日は一日、大事をとって病院で過ごし、明日の午前に退院するという。

その間、何もせずにじっとしていられるわけはない。楽譜の上に置かれた指はリズムを刻んでいる。その顔は一昨日《おととい》、眠れないと苦しそうに言っていたときに比べれば随分和らいで、穏やかになっていた。薬の作用で夢も見ず、ぐっすりと眠れたのだろう。瞼の腫れもおさまり、痣《あざ》のように浮いていた隈《くま》もなくなっていた。

「ひどい顔。上総の方が病人みたい」

と言えてしまうぐらいに血色がよくなっている。

誰のせいだよ、と僕は冗談半分で苦笑を返し、手近にあった丸椅子を引き寄せてベッド脇に座った。

「ごめんね。心配かけて」

天音は少し気まずそうに開いていた楽譜を閉じた。

「これからは気をつけるね。三上くんも相当怒られたみたい。三上くんのせいじゃないのに。みんなに迷惑かけたね」

「いいよ。それより、何があったの?」

「え? 何って? べつに何もないよ。ただ風邪こじらせただけ」

眠れないと言い、倒れてもなお、天音は白を切るつもりらしい。

平気な振りはやめろと言われても簡単にやめられないのはわかるし、心配をかけまいと意固地になってしまう気持ちもわかる。けれど、倒れるまで追い詰められてしまった天音を見て見ぬ振りはもうさすがにできない。

「それだけじゃないだろう。眠れなかったり、無茶な練習したり。学校でなんかあったんだろ?」

「そういうわけじゃないけど」

「でも、何か言われたりしたんだろ」

天音は目を伏せ、きゅっと唇を噛み締めた。どう言葉にしたらいいのか、話していいことなのか、逡巡する様子が見て取れた。

「天音」

呼びかけると、天音はまだ迷っているような素振りを見せたが、話し出すのを待つ僕の視線に耐えられなくなったのか、深い息と共に言葉を吐き出した。

「気にするようなことじゃないの。本当は」

毎年、十二月の半ばに開催される定例演奏会。清華の生徒にとっては一年に一度の最も重要なイベントだ。

以前、吉原が話してくれたように、出演者が決まるまでの期間は学校中にぴんと張り詰めた空気が漂い、何かと衝突が絶えないのだという。

それはピアノ科も例外ではなかった。特に教師推薦による出演者が決まった後、ソリストのオーディションまでの期間は険悪な空気が教室中に充満し、些細なことで言い争いが起こっていた。

天音はその争いに巻き込まれないよう、休み時間は教室から退避し、昼休みはレッスン室へ向かうようにしていた。だがあるときから変化したクラスメイトの態度が天音をじわじわと苦しめるようになった。

「嫌がらせとか、妨害とか、そんなことじゃないって思ってたんだけど……」

直接的に陰口を言われたとか、嫌がらせをされたとかそういったことはなかった。

ただ必要以外で言葉を交わすことは稀《まれ》だった彼女たちが、急に天音に親しげに声をかけてくるようになったのだ。昼休み、食事もそこそこにレッスン室へ向かう天音を引き止めて、他愛ない話の輪に引き入れようとした。

そうやって引き止められることで、練習時間は僅かとはいえ、少なくなった。邪魔をされているような気がした。彼女たちの賑やかな雰囲気も、慣れていない天音には苦痛で仕方がなかった。しかし、「嫌がらせ」ではないのだからと我慢していた。

だがある日、

『どうせ出来レースなんだから、邪魔する意味なくない？』

天音が近くにいると知らず放ったクラスメイトの本音を耳にしてしまった。

「結局、嫌がらせだったんだなってわかっちゃって……」

天音は自嘲気味に笑う。

最初から嫌がらせとはっきりわかる行為なら、天音はここまで追い込まれることはなかったのかもしれない。

傍目には好意的とも捉えられる態度だから、天音は戸惑ったのだろう。最初は警戒していても、声をかけ続けられれば、もしかしたらという期待が生まれる。邪魔しようという意図はなく、ただ自分を仲間に引き入れようとしてくれているだけなのかもしれないと思いかけた。しかし、その矢先、偶然耳にした言葉は天音の淡い期待を砕いた。

「駄目だね。そんなことで……」

ピアノのことだけ考えているつもりでも、他のことに、些細なことに振り回される。

「そんなことじゃないだろ」

天音は些細なことだと自分に言い聞かせて、やり過ごそうとしたのかもしれないけれど、受けた傷は決して浅くない。

「……うん……ちょっときつかったかな……」

ようやく「ちょっと」本音を吐き出した天音の頭を僕はぽんぽんと軽くなでた。聞き出しておいてなんだが、実はこういうときの慰め方を知らなかったりする。

「それで……そのオーディションは終わったの？」

天音は少し複雑な表情で頷いた。

その表情から、結果がどうだったかは見て取れた。ソリストに選ばれたのだろう。普通なら喜ぶところなのだが、これまでの経過が経過だけに、素直に喜べないようだった。

このところの天音の様子や話を聞く限りでは、追い詰められていて、とても普段通りの演奏などできそうにないと思うのだが、天音にはそれができてしまう。集中力の高さ。滅多に弟子を褒めない父が唯一、褒めていた点なのだと、三上さんから聞いたことがある。

どんなに精神的にダメージを受けていても、体調が芳しくなくとも、ピアノに向かってしまえば、それらは消えてなくなってしまうのだろう。演奏している何分、何十分かの間は……。

「ごめんね。こんな話。上総にしたって仕方ないよね」

「そんなことないよ。話ぐらい、いつだって聞いてやるから」

僕の言葉を聞いて、天音は少し驚いたように目を開き、

「上総は……」

と言ったきり、何か考え込むような素振りを見せて黙り込んだ。

「変だよね」

じっくり考えた挙げ句、出て来た言葉がそれだったので、僕は拍子抜けして、がっくり肩を落としてしまった。

「あ、ごめん。悪い意味じゃなくて。ありがとう……でも……」

僕は首を横に振って、続く言葉を遮った。

「ひとりじゃ、どうにもならないことってあると思うんだ。眠れなくなったり、体調崩したりしたのだってさ、全部、ひとりで抱え込んでたからだろ」

三上さんは頼りになるし、相談相手としては最適だ。滝さんは優しくて、にこにこ

と笑って、なんでも話を聞いてくれるだろう。父だって天音が苦しんでいることを知れば、その話に耳を傾けるはずだ。天音の周りにはちゃんと天音のことを心配して、話に耳を傾けてくれる人たちがいる。天音もそれはわかっている。それでも彼女が頑なに口を閉ざしてしまうのは、負担をかけたくないからなのだろう。

三上さんはいつも天音のために忙しく立ち回っているし、滝さんは森川家の家事を一手に引き受け、忙しくしている。父には天音の師というだけではなく、「音楽教室の経営者」という立場もあり、多忙を極めている。だから余計な心配をかけたくはないと、自分の問題は自分で片付けようとしてきたに違いない。それにやはり父や三上さんの前で、弱音は吐きにくいのだろう。ピアノに関わることなら尚のこと、練習に打ち込むことで押し込めてしまうのかもしれない。

「俺、正直言って、ピアノとか、音楽とか、そういう業界のこととか、全然、わかんないよ。相談されたって気の利いたこと言えないと思うし、俺に話したところでなんの解決にもならないかもしれない。結局は自分でなんとかしなきゃいけないのかもしれないけど……」

僕自身、誰かに自分のことを話したり、相談したりするのは苦手だ。自分の問題はできるだけ自分で片付けようとしてしまう。重荷になりたくない。心配をかけたくない。と思う天音の気持ちはよくわかる。だけど、やはり自分ではどうにもならないときはあるのだ。

「辛かったり、苦しかったり、自分でもどうしていいのかわかんなくなったりしたら、頼っていいんだからな。愚痴だって、弱音だって、なんだってぶちまけていいから。俺の前では我慢とか、無理とかしなくてもいいから」

ピアノに向かう天音にしてあげられることは、何もないのかもしれない。けれど、今、ピアノを離れて目の前にいる、どこか不安そうな、自信の持てない幼い少女のような顔をした天音には何かしてあげられるはずだ。

頼りない背中を見ているだけで、何もできなかった。あんな思いはもうしたくない。母が抱えているものを理解できなかった。いや、理解しようとしなかった。歩み寄ろうとすることもせず、母がピアノに注ぐ情熱を疎ましくさえ思い、本当は母が何を思っていたのか、わかろうともせず、何もできないと決めつけていた。

けれど、本当はできることがあったはずなのだ。理解はできなくとも、僕なりに何かできたはずなのだ。それは自己満足なのかもしれないけれど、それでも何もせずに、何も知らずに、ただ後悔だけを募らせるようなことはしたくない。だから……。

「上総は……本当に優しいね……」

天音は何故か哀しそうに笑う。最近、何度か見たその表情に胸が波立つ。続く言葉はいつもやんわりと僕を突き放すのだけれど。

「わたし、病気なんだよ。本当に。人より、ピアノの方が大事」

はっきりとした口調で天音が言い出した瞬間、耳を覆いたくなった。いつもとは違う。やんわりと突き放すだけではないと、聞いてはいけないと、危険信号がともる。

天音は手にしていた楽譜の表紙をそっと指でなぞる。そして深く息を吸い込み、息と共に言葉を吐き出した。

「発表会の日だった」

「教室主催の本当に内輪の発表会。正直、出なくてもいいぐらいの」

うつむきがちの天音の横顔には自嘲が浮かんでいた。

「だから、滝さんには言われたの。顔を出すだけでいいから行きなさいって。発表会は来年もあるけど……」

天音は言い淀み、それでも言わなければという決意を固めたかのように顔を上げ、僕を見据え、

「一度しかないことだからって。お葬式は」

はっきりと言い切った。

「でも行かなかった。意味がないと思ったから」

形式だけ哀しんでみせるなんてことできないから。

「だから発表会に出たの。そうしたら、周りの人たちからは病気だって言われた。変だって」

天音の心に絡み付く言葉。一体どんな場面で言われたのだろうと気になっていたのだが、思わぬところで真相を知ることになった。

「母親が死んだのにどうして平気な顔して、発表会なんか出ていられるのかって」

天音は再び気まずそうに顔をうつむかせた。楽譜の上に添えられていた手がぎゅっと強く握りしめられた。

僕は茫然と天音を見つめたまま、彼女の言葉を頭の中で反芻していた。一体、この事実をどう受け止めたらいいのだろう。

「だけど、わたしはまた同じようなことがあっても、同じ選択をすると思う」

天音は顔を上げ、真っすぐ前を見ていた。凛としたその横顔にさっきまでの頼りなさは少しもなかった。ピアノを弾いているときの姿と同じだった。迷いのない力強い演奏と同じ。

そうだ。それがもっと大きな舞台、プロとしての舞台なのだとしたら、その選択をするのが当然だろう。天音の中にはもうすでにプロとしての意識が組み込まれているのだ。それが彼女のいる世界なのだと思い知らされた。

「それでも上総は、わたしを許せるの？」

天音の目が真っすぐ僕を見ていた。見透かすように。

耳の奥がどくりと大きく脈打った。

『一生、許さないんだから』

冷淡な声が響く。

鋭い眼差しが胸を貫いた。

許すとか、許さないとかそんなことではない。

けれど、許せるとは言えなかった。

父と同様、天音が母の通夜や葬式にも顔を出さなかったことになんのわだかまりもないと言えば嘘になる。その後も家を訪ねて来るなどということもなく、母の死に対し、天音がなんの反応も示さなかったことに釈然としない思いはあった。とはいえ、あのとき、十年あまり、まったく交流のなかった他人同然の姉がやって来て、家族面をし、おざなりの哀悼を捧げられたとしてもそれはそれで受け入れがたいことだっただろう。だから天音が葬式に来なかったことをとやかく言うつもりはなかった。

だが、事実を聞かされて、動揺を隠せなかった。

幼いころに別れ、再会することもなく亡くなってしまった人に対し、天音が情愛を感じないのは無理もないことだ。僕にとって父が「あの人」だったように、天音にとって母は「あの人」なのだ。

病気だと天音を誹《そし》る気持ちはない。彼女が非情なのではない。僕が天音の立場だったら、同じように感じ、同じように行動しただろう。けれど、天音の心情として頭では理解できても、心はそれを受け入れられなかった。

どうしたって天音と感情を共有することはできない。他人なのだ。同じように感じられなくて当然なのだ。わかっていたはずなのに。それでいいと思っていたはずなのに。改めて突きつけられた現実に僕はひどく狼狽えた。

やはりどんな隔たりがあろうと、たとえ軋轢があろうと、肉親であるという事実に淡い期待を抱いていたのだ。天音の中に少しでも共有できるような母に対する感情があることを。けれどその期待はあっさり打ち砕かれた。

一緒に過ごした時間が違うのだ。分け合えるものではない。どうしようもないことなのだ。と自分に強く言い聞かせ、歩みを早めた。

ポケットの中に手を突っ込むと、指先に微かな痛みが走った。結局、父に返せなかった写真の角で切ってしまったようだ。ほんの小さな浅い切り傷からは血が滲んでいた。さして痛くもない、見た目にも軽いこの手の傷は何故か治りが遅い。大したことはないと甘く見るからだろうか。

すれ違う人と軽く肩がぶつかり、はっと顔を上げると、傘を差して歩く人の姿が目に映った。

いつから降り出したのか。

細かい雨がびっしりと服に張り付いていた。

空を仰ぎ見ると、頬が濡れた。

あの日もこんな雨が降っていた。

母が亡くなった日も。

黒いワンピースの少女を見たあの日も。

♪


翌日、何年ぶりかに本格的な風邪を引いて寝込んだ。

次の日に熱は下がったけれど、なんとなく体が怠く、大事をとって学校を休むことにした。時々、滝さんが心配そうに顔を見せて、食事や薬を持って来てくれた。それ以外は布団の中でマンガ本を読んだり、音楽を聴いたりして、ゴロゴロしていた。

夕方を過ぎ、マンガにも飽きて退屈していたところへ扉をノックする音が聞こえた。返事をすると制服姿の天音が顔をのぞかせた。

退院した天音ときちんと顔を合わせるのは初めてだ。あんなことを言われた後なので、気まずい思いはあったが、天音が元気になったのは素直によかったと思うので、

「お帰り。元気そうでよかった」

と声をかけると、天音は強張っていた頬を緩めた。

「ありがとう。はい。これ、レモネード。熱いから気をつけてね」

天音はトレイごとサイドテーブルに透明な耐熱グラスを置く。確かに湯気が立ち上り、見るからに熱そうだった。

「学校はどう？」

「入院したって知ったら、さすがに心配してくれた。後はちゃんと自分の務めを果たすだけかな」

「そっか。じゃあ、適当に頑張って」

「何、その適当って」

「いや、だって頑張りすぎて、また倒れられたら困るし」

天音は気まずそうに視線を逸らして、わざとらしく話題を変えた。

「ねぇ、ショパンの夜想曲《ノクターン》を好きなのは誰？」

天音は机の上に載っていたＣＤを手にしていた。

ショパンの夜想曲集。母が出したＣＤの一枚だ。

好きだったのだろう。きっと。

ＣＤを出すぐらいだし。それによく口ずさんでいた。

「母さん。よく口ずさんでた」

「そう。父も好きよ。夜想曲……」

その言葉にどう反応したらいいのかわからず、天音から目を逸らしてしまった。

「リビングにアップライトのピアノがあるでしょう。上総も見たよね。父が弾いてるところ。年に二回だけ、あのピアノを弾くの。あの人、母の誕生日には夜想曲を、命日には……」

あの人。天音が何気なく口にした他人行儀な呼び方が胸に突き刺さる。

僕の狼狽に気づき、天音は目を伏せた。

「上総、ごめんね。やっぱり、わたしには上総の気持ちはわからない」

掠れる声。けれど、はっきりとした口調だった。

天音の本心が深く胸をえぐる。

「でも想像してみたの。父がいなくなってしまったら。三上くんや滝さんがいなくなったら、上総がいなくなったらって」

天音は顔を上げ、僕を真っすぐ見た。

「そうしたら、すごく苦しかった。辛かった。悔しかった。哀しかった。寂しかったよね、上総。もっと。想像なんかじゃ、全然、足りないぐらい。寂しかったでしょう?」

僕の気持ちがわからないと言って突き放した直後に、どうしてこんなことが言えるのだろう。僕を見つめる優しい眼差しが、自分でも見ようとしなかった心の奥底を見透かしているような気がした。

「そんなこと……」

ない、と言えなかった。

天音が並べた単純な言葉はすべて僕の心情を言い当てていた。

葬式でも涙を流さなかった僕を周囲は冷たい息子だと思っていたようだ。僕も自分自身を冷たい人間だと思った。けれど、あのとき、母を失って哀しいというよりも、僕の心を占めていたのは、突然、僕を置いて逝ってしまった人への憤りだった。とても母の死を現実として受け入れられるような心境ではなかった。

流せた涙といえば悔し涙だっただろう。母の病気に気づけなかった、何もできなかった、無力な自分に対しての。

哀しみは後から押し寄せた。

探し物をしていて母に尋ねようと母の姿を探し、その姿がないことに気づいた瞬間、母を失ったということが実感を伴って押し寄せて来て、体を震わせた。

そのとき、傍には誰もいなかった。ひとりになったのだと思った。膝を抱えてうずくまって、息を殺して体の震えが治まるのを待った。溢れそうになった感情を胸の奥に押し込めた。それを認めてしまってはその先、とてもひとりで生きていけるとは思えなかったのだ。

周囲の同情や慰めを寄せ付けないように日々、淡々と過ごした。母の死から目を逸らし、できるだけ思い出さないようにした。思い出しても感情は閉じ込めたままでいた。平気な振りを覚えたのはあのときからだ。そんな僕を周囲の人は冷たいとか、強いとか、勘違いしていた。

僕は冷たいわけでも、強いわけでもなく、ただ感情を表に出してしまえば、それに引きずられてしまうことがわかっていたから、ひた隠して、我慢していただけなのだ。

哀しいと、苦しいと、寂しいと、思うことを。

叔父には叔父の哀しみがあって、僕のそれを受け止められるような状態ではなかった。後にそれを叔父は謝ってくれたけれど、叔父が悪いわけではなかったし、そのときはもう素直に感情を表に出して、哀しめるような状況でもなかった。

今だってそうだ。天音は僕の気持ちはわからないと言い切った。

そんな人にぶつけられる感情ではない。

母を「あの人」と呼ぶ天音にわかるわけがないのだ。

だからそんな風に優しい目で見ないで欲しい。

天音の方から、突き放しておいて、どうして……。

「上総がわたしのこと心配してくれるのは嬉しかったの。本当に」

本当に。と念を押すように天音は繰り返す。

「でもね、やっぱり、上総にしてみれば、わたしのしたことは許せないことなのかもしれないし、わたしは上総の気持ちをわかってあげられないから、傍にいちゃいけないのかなって思ったの。わたし、ピアノのことになると、周りが見えなくなるから、母のことだけじゃなくて、他のことでも、上総を傷つけるかもしれないし……」

ああ、だから僕を遠ざけようとしていたのか。天音の態度の急な変化がわからなかったけれど、天音は天音なりに僕のことを考えてくれていたのだ。

「それに、上総がわたしに優しいのは……わたしが母に似てるからなのかなって……そう思ったら、上総とどう向き合えばいいのかわからなくなったの」

天音の目が寂しげに揺れる。父の背を見送ったときと同じ瞳。

確かに母と天音の姿を重ねて見てしまうことがあった。母娘だから顔立ちが似ているせいもあるけれど、ピアノに向かう姿勢だとか、不器用さだとかがよく似ていて、なんだか放っとけなくなった。母にできなかったことを天音に、という気持ちがあったことも否定できない。それが知らず、天音を傷つけていたとは思いもしなかった。

「天音……」

かける言葉が見つからず、胸が詰まる。

「それはね、もういいの。だから、上総がわたしを許してくれるんだったら……」

天音は顔を上げ、真っすぐ僕を見る。

「上総が辛かったり、苦しかったりして、自分でもどうしたらいいのかわからなくなったりしたら、頼っていいんだからね。愚痴でも、弱音でもなんだって聞くから。わたしの前では我慢とか、無理とかしなくてもいいんだからね」

それは一昨日、僕が天音に言った台詞《せりふ》だ。あのときは、僕が支えてあげなくては、と思わせるぐらい、弱々しい様子だったのに。もう立場が逆転している。

かなわないな、と優しく微笑む天音を見て思う。それでもまだみっともない姿を天音には見せたくないと意地を張る自分がいて、胸の奥から溢れ出そうになる感情を流し込もうと、レモネードをぐっと飲んだ。瞬間、それは失敗だったと気づく。

甘酸っぱいレモネードの味は腫れた喉にしみる。熱くて、痛くて、涙が出そうになった。

それに追い討ちをかけるように、CDプレイヤーから、母の弾く夜想曲が流れ出した。

夜の静寂に響く、美しくも、どこか哀しく、切ない旋律。

「わたしも好きよ。夜想曲」

天音のその一言に、僕は涙を堪え切れなくなって顔を伏せた。

6　亡き王女のためのパヴァーヌ

師走《しわす》を迎えると、冬の寒さは一段と深くなった。十分に暖房の効いた暖かい部屋にいても、どことなくひんやりとした冬の気配が窓の外から伝わってくる。

遅々として進まない数学の宿題に飽き飽きし、シャープペンを投げ、一階へ下りると、足元から冷気が漂ってきた。隙間風のわけもなく、首を傾げながらリビングへ行くと、庭へ続く窓が開いていて、冷たい夜風がカーテンを揺らしていた。まさか泥棒？　少し警戒しつつ、近づいていくと、暗闇に佇む天音の背中がぼんやりと見えた。

「何やってんの？　風邪引くよ」

天音は少しでも寒さを軽減しようと腕組みをし、身を縮こまらせているが、家の中にいたままの服装で冬の寒空の下にいるのだから、当然その効果は薄く、肩が寒さに震えている。

「明日だろ。演奏会。風邪引いて出られなくなっても知らないからな」

これで風邪を引いたら完全な自己責任で、同情の余地はない。

「うん。でも、もうちょっと」

と言ったまま、天音は夜空を見上げ、動こうとしない。

僕はその視線を追い、夜空を仰いだ。

夏の高原で見た星が空から零れ落ちてきそうなほどの満天の星に比べると、慎ましい限りではあるけれど、冬の冴えた空気が見せる星空はつい見入ってしまうだけの輝きに溢れていた。都心の星空も捨てたものではない。

「見ようとしないから見えないんだ。見ようとすれば見えるもんだよ」

というのは安斎の言葉だが妙に納得してしまった。安斎による天体に関する講釈はその後、延々一時間続いたわけだが。それはともかく。

しばらくは動く気のない天音を放っておくわけにもいかない。仕方ないなと思いつつ、部屋へ行き、上着を持ってきた。天音の肩にかけてやると、「重い」と一言、不平を漏らした。

「文句言うなら自分の持って来いよ」

「ううん。いい。これで」

天音はコートの前をかき合わせ、襟元に顔を埋めた。

「明日、来るんでしょう。最初から?」

「そのつもりだけど」

「そっか。わたしが出るのは後半だから寝ないでね」

「ね、寝ないよ」

「うそだ。寝たらどうしようって思ってたくせに」

「思って……ました。いや、だってクラシックの演奏会とかって行くの、初めてだから。どんな感じなのかとかわかんないからさ。ピアノの独奏って静かな曲の方が多いし」

眠くなるんだよな。と正直に言うと、天音は目を細めて笑った。

「そうだね。小さいころから、上総はいっつもソファで寝てたもんね」

「えっ、覚えてるの?」

驚きのあまり、声が裏返った。

「覚えて……ない。ごめんなさい。滝さんから聞いたの。ピアノの音を聴くと、すぐに寝ちゃってたって」

その話は僕も滝さんから聞いて知っていた。

母は時折、リビングで子供たちのためにピアノを弾いて聴かせていたそうだ。天音は母の隣にぴったりと寄り添い、ピアノに耳を傾けていて、僕はソファに寝転がり、絵本を開いたまま、いつの間にか眠っていたという。

はっきりと覚えているわけではないけれど、想像すると、優しい、温かな光景が浮かんだ。ピアノを弾く母、その傍らには目を輝かせて、指の動きを追っている天音、僕はソファに寝転がってうとうとしている。そんな幸福な情景はきっとあったのだろう。

だからこそ天音は母を許せないのかもしれないと、滝さんは少し寂しそうな顔をしていた。優しい母の記憶があるからこそ、自分と父を置いて出て行った母のことが許せないのだと。

厚手のパーカーのポケットに手を突っ込むと、その指先に固く、冷たいものが触れる。それをぎゅっと握りしめて、決意を固める。ずっと確かめたくて、確かめられなかったこと。

「天音は……」

「ねぇ……」

同時に口を開き、顔を見合わせた。

「上総からでいいよ」

「うん……天音はどう思ってたの？　母さんのこと」

訊きたくて訊けなかった。何度も呑み込んだ言葉をやっと口にできた。

「どうって……」

「何が許せないの？」

僕は天音の手を取り、その手のひらにピアノの鍵を乗せた。

『一生、許さないんだから』

春先の雨の降る日、母の墓石に向かって、少女が冷淡に放ったその言葉は今も耳に残る。

「これ……拾ったの、やっぱり上総だったんだ」

鍵を見て、天音は大きく目を見開く。

「やっぱりって、わかってたの？」

僕の方は、雨の中に佇む姿をずっと見ていたから、再会した夜、あの少女が天音だとすぐに気づいたけれど、天音が僕を見たのは立ち去る直前、ほんの一瞬だったはずだ。

「なんとなくだけど。あの日に、あの近くにいるんだから、きっと親族だろうなって」

「そっか……」

確かに命日に墓参りをする人間なんて、本当に近しい親族ぐらいだ。

「一生、許さないんだから、か」

天音はあの日とは違う調子で、同じ言葉をぽつりと呟く。

本当はずっと気になっていた。一体、何が、あの少女、天音に「一生、許さない」という強い意志を抱かせることになったのか。最初のころ、僕に嫌悪や敵意を向ける要因となった母との軋轢がなんなのか。天音が母をどう思っているのか。

だが、僕にとっての優しい母が、天音にとってはそうではなかったことを思うと、なかなか確かめることができなかった。それによって天音との関係が壊れてしまうのも少し怖かった。けれど、今なら天音の母に対する思いをきっと受け止められる。

「こんなのいらないって、あのときは思ってたけど。あってよかった」

鍵を握りしめた手を胸に抱く、天音のその仕草にほっとした。受け取ってもらえなかったらどうしよう、とまだ少し不安に思っていたのだ。気が緩んだせいか、鼻を刺す冷たい夜風に誘発され、くしゃみが漏れた。

隣で天音がくすりと笑った。

「寒いね。中に入ろうか」

出来上がったカフェオレを持ってリビングへ行くと、天音はソファに深く腰を下ろして、ぼんやりと、黒光りするアップライトピアノを見つめていた。

「はい。砂糖、たくさん入れといたから」

マグカップを手渡しながら、そう言葉を添えると、天音はじっとりとした視線を向けてきた。

「上総は、わたしに甘いものを与えとけば機嫌とれるって思ってない？」

「思ってないよ。まさか」

ちょっと思ってたけど。本音は胸中に留めた。

天音は少し納得のいかないような表情をしながら、砂糖とミルクたっぷりのカフェオレを口に含むと、満足げに頰を緩めた。滝さん直伝の配合比に間違いはなかったようだ。

冷え切った体をカフェオレで温めて一息つくと、天音は自ら母に対する思いをためらいがちに、それでもはっきりとした口調で話し出した。

「あのころは好きだったの。優しくて、ピアノが上手で……だけど、母はわたしのことが嫌いなのかもしれないって思ってた」

伏せられた視線の先には手のひらに乗るピアノの鍵があった。

「わたしがピアノを弾けば、父は褒めてくれた。だから母も同じだと思った。でも……違ったの。褒めるどころかなんだか哀しそうな顔をしたの。わたしを残して上総だけを連れて行ったから余計にそう思った」

やっぱりそこだったのだ。僕と天音を分けたものは。

母は自分と同じ道を辿らせたくはないからと、僕から音楽を遠ざけた。ピアノを得意げに弾いてみせた娘に見せた哀しそうな顔。そのとき、母はどんな思いでいたのだろう。

その先、天音が辿る道のりの険しさを憂いたのか、離れ離れになってしまうことを思い哀しんだのか。それでも天音の中にすでに培われていた才能の芽を摘むことができなかったのは音楽家としての性《さが》だったのだろうか。

「でもね、捨てられたとか、そんな気持ちは全然なかったの」

初めはどうしていいなくなってしまったのかわからずに戸惑い、寂しく思うこともあったけれど。

「子供だから褒められた方が嬉しいんだよね。だからやっぱり父の方が好きだったし、そのころから本格的にレッスンをつけてくれるようになってたから、これで父を独り占めできるんだって思ったぐらいだった」

父に褒められたい。その一心でピアノの練習に打ち込んだ。何時間もの練習も苦にはならなかった。自分が特別なことをしているつもりはなかったし、特別だとも思わなかった。

「でもコンクールに出ると、やっぱり、森川一馬の娘っていう目で見られて……あの人のコピー。そう言われたの。演奏が同じだって」

言われたときのことを思い出したのか、天音はうつむいて自嘲する。

「それで気づいたの。父はわたしを母のようにしたいんだって。あの人のようなピアニストに……わたしは、いなくなった、あの人の代わりなの……」

天音が父に向かって言っていたことを思い出した。

わたしはあの人の代わりじゃない。あの人のように弾くつもりはない。

父にそんな意図があったのかどうかはわからない。演奏者は違っていても、指導者は一緒なのだから、自然と奏法が似てしまうということもあるのかもしれない。それにコピーだという天音の演奏に対する評価も、天音への嫉妬だとか、森川一馬への批判だとかが含まれていたに違いない。

天音もそれはわかっているのかもしれない。けれど、どうしても自分は母の代わりなのだと感じてしまう瞬間があった。たった一言、ほんのちょっとした仕草の中に。その途端、何もかもがそう感じられるようになった。

「それでもよかった。だって、父以外、ピアノ以外、わたしには何もなかったから」

幼い天音にとって世界の中心にいるのは父だった。その父の世界の中心にいるのが、自分だけではないと知ったときの衝撃は、世界の崩壊にも匹敵するほど強いものだったのだろう。その人が父の心の中にいる限り、父を独り占めすることはできない。そのときから、優しい母は「あの人」に変わった。

「いつか、あの人よりも上手くなってやろうって思ってた。そうすれば誰もわたしをコピーだなんて言わなくなる。父もわたしを認めてくれると思ってたから……」

母の代わりではなく、一人の演奏者として認められたい。天音にとって、母は母親である前にピアニストであり、越えなければならない存在だったのだ。だから、

「亡くなったって聞いても、哀しいとか、寂しいとか、思えなくて……」

母親として好きだった記憶はあるのに、ピアニストとしての存在はあまりに大きく、そして、父の心に住み続ける人として、素直にその死を悼み、哀しむことはできなかった。

「勝手にいなくなってずるいと思った。だって、わたしは、まだあの人を越えられて

いないのに。あの人よりもすごいピアニストになって見返してやろうと思ってたのに」

天音はぎゅっと手を握りしめ、

「……悔しかった」

ぼそりと小さな声で呟いた言葉には、本当に悔しさが滲んでいた。

それを聞いて、僕はほっとしていた。

天音が母を「あの人」と呼ぶのを聞いて、共有できない痛みだと思った。天音自身もそう言った。けれど、決して天音が母の死によって、傷を負わなかったというわけではないのだ。

天音は天音なりに母の死を悼んだのだろう。「あの人」とは言いながら、天音は母を忘れていたわけではない。むしろ常にその存在を意識していたのだ。何も感じなかったわけではない。

哀しみの表現の仕方は人それぞれだ。誰かの不在を思うとき、哀しいと、寂しいと思うことがすべてではない。僕自身、初めに感じたのは勝手に逝ってしまった母への憤りだったし、不甲斐《ふがい》ない自身への悔しさだった。だから、天音の気持ちはなんとなく理解できた。

越えてもいない、見返してもいないのに、見せつける相手がいなくなってしまったのだ。ライバルに不戦勝で勝っても嬉しくはない。指針としていたものを失って戸惑ったに違いない。

「父はね、本当に哀しんでた。お葬式に顔を出さなかったんじゃないの。出せなかったの。哀しんでる姿を他人には見せたくなかったんだと思う」

葬式の件は天音の言う通りなのだろう。それを信じられる程度には父に近づいたと思う。安っぽいメロドラマの役に当てはめられるほど、簡単な人ではないのだということはわかった。

「だから、一生、許さないって思ったの」

ピアノを見つめる眼差しが険しくなる。手をぎゅっと握りしめる力が強くなる。

今よりも少し幼い顔立ちの、あの日の少女の横顔が重なる。

「お父さんを哀しませるあの人を許さないって。わたしはずっとお父さんの傍にいて、お父さんのためにピアニストになろうって思ってた」

それは娘として父を想う、揺るぎない決意。

「でもね、あの人、母の気持ちも、わかったから……」

握りしめられていた手がゆっくりと解かれていく。

「自分の思うようにピアノが弾けないってことがどういうことなのか、それを一番、聴かせたい人に聴かせられないことが、どれだけ辛いことなのかもわかるから……」

母が父のもとを去った理由。僕が頭でなんとなく理解できるそれを、天音は心で理解できるのだろう。ピアニストだからこそ、父を師と仰ぐからこそ、わかる想いだ。

あのとき、少女の横顔に浮かんでいたのは、憎しみではなかった。父親に対する深い愛情と、反感を持ちながらも、決して憎むことはできない母親へのもどかしく、やりきれない思いを抱えていたのだ。

「ごめんね。上総」

「え？　何？　なんで謝られるの？」

「わたし、自分勝手だったなって思って。一番、辛かったのは上総なのに」

今までだったら反発していたかもしれない、天音の気遣いがすっと胸の中に溶けていく。

こんな風に言われるのがずっと嫌だった。

辛いとか、苦しいとか、そういった感情には蓋をしてしまいたかったから。哀しいと涙を流したところで、受け止めてくれる人は誰もいない。だったら、いっそ慰めも、労りもいらない。冷たいだとか、強いだとか、そんな風に誤解されていた方がいい。

どうせ僕の本当の気持ちなどわかりはしないのだから。そう虚勢を張るしかなかった。

そうやって他人の慰めを寄せ付けないようにし、自分の感情を上手に隠していたと思っていたけれど、それは独りよがりだったのだと、天音の前で泣いた日、思い知った。

天音は僕の気持ちはわからないと言いながら、僕の中にあった感情をすべて言い当ててしまった。再会して一年にも満たない天音にも見抜かれたのだから、周囲にはとっくにばれていたに違いない。

自分だけが傷ついているのだと思っていた。自分だけが辛くて、苦しくて、哀しいのだと。それをひとりで耐えている自分を健気《けなげ》だとどこかで思っていた。もしかしたら少し不幸に酔っていたのかもしれない。自分勝手なのは、そう、僕も同じだ。

「父はね、本当は母が亡くなってすぐに、上総のことを引き取りたいって言ってたの。上総のことすごく心配してた。でも、わたしが反対したの」

父を取られたくなかったから。子供じみた思いかもしれないけれど、切実な思いだった。

「今度も最初は反対してたんだけど……あんまりしつこいから折れたの。意地張ってても、お父さんを苦しめるだけなのかなって」

天音はおもむろに立ち上がり、ピアノの傍へと足を進める。

「お父さんが、今でも、一番、愛してるのは、お母さんだから」

もしも、ということを考えない日はない。と言った父の姿を思い出した。

父の思う「もしも」は一体どういう「もしも」なのだろう。訊いてみたいと思った。

天音の言葉が事実なら、父はどんな「もしも」を思い描いたのだろう。

「代わりになんて、なれるわけないんだよね。わたしはわたしなんだから」

と笑う天音の表情は晴れやかだった。

「それにね、母に似てるって言われるの、そんなに嫌じゃなくなったの。きっと本当に優しい人だったんだろうなって、上総のこと見てたらそう思ったから」

天音は僕を通して、母のことを見ていた。それは思いも寄らないことだった。面差しのよく似た天音を通して、僕は母のことを思い出すことがあったけれど、まさかその逆があるとは思わなかった。

「だから、似てるって思われるのも悪くないかなって」

かちゃりと音を立てて、ピアノの鍵が解かれる。

頑なだった心も一緒に解かれたような気がした。

すっと胸に支えていたものがなくなった。そうか。失ったと思っていたものはずっと僕の中にあったのだ。これからもずっと僕の記憶の中に、僕という存在そのものの中にあり続けるのだ。

「だけど、わたしは一生、許さないよ」

再び不穏な言葉に、僕はどきりとする。

「だって、四人でまた一緒に暮らしたいっていう、お父さんの願いを裏切ったんだから」

天音は笑っていた。それは哀しく、優しい笑顔だった。

微かな物音に振り向くと、閉まっていたはずのリビングの扉が少し開いていた。

閉まっていたと思ったのは気のせいなのか、それとも……。

「そういえば、さっき、天音は何言いかけたの？」

「ううん。いいの。聞かなくてもわかったから」

お母さんがわたしのことをどう思ってたのか。

天音の指がそっと鍵盤に触れる。

優しい音色が冬の夜空に響いた。

♪

「どうしよう。なんか胃が痛くなってきた」

胃がきりきりと痛み、なんだか居ても立っても居られない気分だ。

「おまえが緊張してどうするんだよ」

安斎は呆れたように笑う。

「いや、だってなんか……」

学校主催の定期演奏会には思えないほどの緊張感というか、緊迫感がほとばしっている。コンクールの会場に行ったことはないが、それに近い空気の張り詰め方なのではないかと思う。天音には寝ないようにと注意を受けていたけれど、寝るなんてできる雰囲気ではない。

「ま、ここはほぼ生徒席だからな。腹に抱えるもんはいろいろあるんだろ」

年に一度開催される清華音楽大学付属女子高等学校の定例演奏会。

会場は大学にあるコンサートホール。音大の施設というだけあって、一般的な演奏会が開かれるようなホールと遜色ないぐらいの設備だ。会場の席は来賓、生徒、保護者、一般に区分けされている。保護者席のチケットは滝さんと三上さんに譲ったので、一般席のチケットを用意してもらったのだが、偶然なのだろうが、何かしらの意思を感じる配席になってしまったのだ。

そこは一般席と生徒席の境目で、周囲はほとんど清華の制服を着た女子生徒ばかり。しかも学年ごとに異なるリボンの色から見るに三年生だ。この中に天音を傷つけた生徒がいるかもしれないと思うと気が気ではない。

何か妨害をするとは思えないが、彼女たちが無言で与える圧力というのは相当なものだ。

コンクールとは違う緊張感がある。と天音自身も言っていた。天音はもちろん自分のミスを他人に転嫁したりはしないのだろうけれど、この独特の空気に呑まれてしまうのではないかと、要らない心配をしてしまう。

「なんのために倒れるまで練習してると思ってんだよ」

「え?」

「こういう舞台で聴かせるためだろ。おまえが心配するまでもないんだよ」

「……そうだな」

聴かせるため。

天音が身を削《そ》いでまで日々練習を重ねるのはこのためなのだ。

休憩が終わり、再び演奏が始まることをアナウンスが告げる。

緞帳《どんちょう》が上がる。

ざわめいていた会場は波が引くように静まり返る。観客の視線は余すことなくスポットライトが照らす舞台に注がれる。

舞台袖から天音が登場すると、空気は一層、張り詰めたものに変わった。

隣を一瞥すると、多くの生徒が腕組みをして舞台を見つめている。その視線はひとつのミスも漏らすまいとする審査員の厳しさそのもの。コンクールではないのに、舞台にいる天音の方が挑戦者に見える。

ノースリーブの黒いドレスがその華奢な肩を際立たせ、その肩にかかる重圧を思うと、やはり居たたまれない気分になる。

「正直ね、逃げ出したくなるときもある」

だけどね、と天音は少し笑いながら言う。

「やっぱりワクワクする気持ちの方が強いの」

最初の一音を指が響かせると同時に、ほんの少し唇が笑みを浮かべたような気がした。

すごいな。この緊張感を楽しめるって。

そっと優しく語りかけるように紡ぎだされる旋律は、緊迫していた空気を徐々に解きほぐしていき、夢見心地な気分を誘う。そうして旋律の美しさに浸っていると、次第にそれは何かを訴えかけるような、どこか切ない叫びに変わり、胸を突く。

静かに、それでも抑えがたい感情を託すように指は鍵盤を辿る。

「今日は少し上手く弾けたと思っても、次の日に同じように弾けるわけじゃない。完璧な演奏なんてありえない。ただ完璧に近い状態を維持できるようにするだけ」

音楽の表現に際限はない。だからこそ、追い求める。

目の前には確かに完成した楽譜が、音楽があるはずなのに、掴むことができない。それは砂漠のオアシスを追い求めるような毎日。辿り着いたと思っても、消えてしまう幻。それでも追いかけてしまう。音符を何度も辿り、作曲家の思想に想いを馳せ、終わりのない旅を続ける。一度、掴みかけた完璧を求め、弾き続ける。

一体、誰のために、なんのために。ときに非難され、自分を痛めつけてまで、どうして弾き続けるのか。弾く意味はあるのか、時折、疑問に思わないわけではない。弾けなくなってしまえばいいとも、ふと思う。

「でもね、弾きたいの」

上手く弾けたら、聴いて欲しいと思ってしまう。子供のように単純で、けれど、切実な想いに動かされ、ピアノの前に座る。そして聴かせられるようになるまで、何度も何度も練習を繰り返す。たとえ、何かを犠牲にしても……。

「ごめんね」

母はそう言いながら、ピアノを弾くことをやめられなかった。

わからなかった。母がピアノにかける熱意が。忌まわしかった。母を別人にしてしまうそれが。憎らしかった。母を奪ったそれが。

今でも素直にすべてを受け入れられるわけではない。

けれど、今、この瞬間だけは、素直に思うのだ。

どうか聴いて欲しい、と。

彼女の紡ぐ音が届いて欲しい、と。

哀切に響く、祈りにも似た音色。

絶え間なく美しい旋律が続き、ときに痛切に胸を突き、さらには儚く、切なく移ろいながら、終盤へと向かい、最後の一音を響かせる。その余韻は静寂の中へ拡散していく。

そして一瞬の沈黙の後、沸き上がるような拍手が起こる。

隣を横目で見ると、みんな組んでいた腕を解き、手をゆっくりと打ち鳴らしている。口許は固く結ばれているが、その視線に厳しさはなく、悔しいながらも、天音の演奏を認めているような、そんな雰囲気だ。

「拍手をもらえる瞬間がね、やっぱり一番、嬉しいかな」

どんなに練習が辛くても、苦しくても、この瞬間に立ち会ってしまったら、それらはすべて喜びに変わる。

演奏家である彼女たちのことが、少しだけわかったような気がした。

♪

翌日の放課後、職員室で用事を済ませ、教室に戻ると、吉原の姿があった。

「あれ？　まだ帰ってなかったんだ」

「あーうん。友達、待ってて」

「ふーん。レッスンは？」

「今日は休み。どこ行ってたの？」

「職員室。担任に用があってさ。進学しようかなって思って、選択教科、変えてもらったんだ」

「そうなんだ。教室継ぐとか？」

「いや、そこまで具体的には考えてないけど。ま、大学行っとけばなんかの足しになるかなって程度かな」

大学へ進学したその先に明確な目標があるわけではない。ただ自分には何もないからと、何もせずにいたら、結局、何もないままになってしまう。だからせめて少しだけ自分から動いてみようと思った。

「ごめん、早とちり」

「いや、だけど、音楽に関わるのも嫌ではないかなってぐらいにはなってる」

音楽との関わり合いを断ち切ろうとした母の想いとは逆行するかもしれない。ただやはり以前から母を捉えて離さなかったものに興味を引かれないわけではなかったし、今では否応なしに入り込んできてしまった音楽に関わり合うなという方が無理だ。

音楽と関わることで、演奏家であった母のことをもっと知りたいと思うし、天音の支えになれることがあればいいとも思う。それにもう少し父との関係をなんとかできやしないかと思わないわけではない。それならきっと母は反対しないと思うのだ。

それに。

「思い出すのは辛いのかなって思ってたけど、案外、そうでもないんだ」

ピアノを通して母を思い出すのは辛いことばかりではなかった。楽しいことも、嬉しいことも、苦しいことも、哀しいことも、それらすべてが母との思い出なのだと思えた。そして思い出してみると、僕の記憶の中にも確かに幸せそうに笑う母の姿はあったのだ。あの写真の中の笑顔のように。

「忘れていく方がなんだか辛いなって」

もっと時が経つにつれ、僕の日常に影を残していた母の姿は薄れていくのだろう。忘れることはなくても、思い出すことは減っていくのだと思う。時折、母の不在を思い、哀しくなっても、寂しくなっても、僕の日常は続いていく。

僕は誰かとの思い出を積み重ねていくことができるけれど、母にはもうそれができない。失った人のことを覚えていられるのは、生きている人だけなのだ。だから覚えていようと思う。思い出すのが辛くても、失った痛みも、哀しみも、苦しみも忘れずにいたい。そう思えるようになった。

「そっか。よかった」

吉原はほっとしたように微笑む。

「ごめんな」

「え？　何、急に」

「いや、吉原が心配してくれてるのはわかってたんだけど、なんかいつも……」

素っ気ない態度を取って、どこか哀しそうな顔をさせていた。それに気づかない振りをして、ずっと何度も傷つけていた。本当ならとっくに離れて行っても仕方ないぐらいのことをしていたのに。

吉原は首を横に振る。気にしないで、と。

「家のことはなんでもやってくれて、気が利いて、しっかりしてて、頼りにしてるんだって。でも、ちょっと頑固で、無理するところがあるから心配なんだって。本当は寂しいはずなのに、そんな素振り見せないから、心配だって言ってたよ。先生」

母が語った息子の人となりは的確すぎて、恥ずかしいぐらいだった。自分では上手く隠しているつもりだったけれど、やはり全部、見透かされていたのだ。吉原がそんな風に僕のことを見て、気にかけていてくれたのだと思うと、本気で穴があったら入りたい気分になった。

「えっと……じゃあ、俺、帰るな」

恥ずかしさに耐えきれなくなり、踵を返すと、

「ま、待って」

呼び止められた。

「何？」

吉原は片手に持っていたヴァイオリンケースを抱きかかえるように持ち直し、深呼吸をする。

「本当は……秋月のこと、待ってたの……」

「え？　なんで？　なんか用だったの？」

「用っていうか……あのね、話したいことがあって……」

♪

暖房付近の席はまるで春のうららかな日のように暖かく、まどろみを誘う。昼休み。僕は机に突っ伏し、うとうととしていた。耳にしたイヤフォンから流れる曲はまどろむには最適な、ゆったりとした、柔らかな曲だ。まどろむどころか、本格的に夢の世界へ誘われそうになっていると、急に音が遠ざかった。目だけ上げて確認すると、安斎の耳にイヤフォンが押し込まれていた。

「ゴルトベルク変奏曲。そりゃ、眠くなるな」

「なんでわかるんだよ。これって有名な曲か？」

作曲したのはJ．S．バッハ。作曲を依頼した伯爵が不眠症に悩まされていたという逸話まで知っていなければ、さっきの台詞は出てこない。

「敢えて言うことじゃないと思ってたけど、うちにもピアノを弾く姉が一人いるんだよ。下手《へた》だけど」

口調は穏やかだが、目は据わっている。

「ああ……それは……」

なんだか気の毒な情景が浮かんだ。

「同じピアノを弾く姉でもどうしてああも性質が違うんだろうな。廊下に服を脱ぎ散らかすとか、ゴミをゴミ箱に捨てないとか、そんなことしないだろ」

一体、どんな状況で廊下に服を脱ぎ散らかしたりするんだろうか。と疑問に思わなくはなかったが、訊くのが怖くて訊けなかった。

「だけど、三上さんとか、滝さんがいなかったら、天音も結構、だらしないと思うけどな。片付け、できないよ」

ひとりではたぶんまともに暮らせない。全部やってもらっているからというだけではなく、ピアノ以外のことには無頓着だし、どうにもこうにも不器用なのだ。まぁ、廊下に服は脱ぎ散らかさないし、ゴミはゴミ箱に捨てるけれど。廊下に楽譜をまき散らしてたことはあったか。

「だらしないとは違うんだよなぁ」

安斎は遠い目をする。だらしないと違うって一体……。

「ま、それはどうでもいいんだけど、吉原のこと見かけなかった？」

「え？　吉原？　なんで？」

「第二音楽室が今日は使えるって伝言を頼まれたんだけど。おまえ、伝えといてくれる？」

「なんで俺に言うんだよ。自分で言えよ。そのうち、戻って来るだろ」

「そうなんだけどな」

安斎は眼鏡の奥の目を細め、僕を見据える。その目を見返すことができずに逸らすと、

「おまえらさ、なんかあったの？」

と笑みを深めた。

「いや、べつに。何も」

「ふーん。いいけどな。べつに。話さなくても。間に挟まれる身としては、ちょっと

居心地悪いだけだから」

しつこく聞き出そうとされると、話したくなくなるが、突き放されてしまうと、話さなければいけないような気になってしまう。相手が安斎だと余計にそう思ってしまう。どうやら僕は、自分が思っている以上にこの聞き上手な友人を頼りにしているようだ。

「おまえ、知ってたの？　吉原が俺のこと……」

自分で口にするのはさすがに恥ずかしくて口ごもってしまう。

「好きだって？　まぁ、なんとなく……っていうか、気づいてないのは本人だけって感じだったけど」

安斎は呆れたように笑う。

「う……俺、全然、気づいてなかったっていうか、気づこうとしてなかったっていうか……」

吉原がいつになく緊張しているというのは、ヴァイオリンケースを何度も持ち替える仕草でわかった。けれど、彼女が緊張する理由を思い浮かべることができなかった。

「なんか俺には関係ないことだって思ってた」

自分の身の回りにあることが、どこか他人事のように思えていた。部活に入り、競技に熱中したり、何かの趣味に没頭したり、誰が好きだとか嫌いだとか、他愛ないことで一喜一憂し、楽しげな友人たちを羨ましいと思いながら、どこか醒めた目で眺めていた。

「気楽でいいよなって思ってた」

片親だということに引け目を感じていたわけではない。母を亡くしたことで、不幸になったとは思わない。けれど、他のみんなとは違うのだと思っていた。みんなと同じようには気楽ではいられないのだと。

「自分のことだけ考えてればいいんだから楽だろうなって」

大した苦労もしていないくせに、妙に達観した素振りで、いろいろと知った気になって、優越感に浸っていた。

「だけど、結局、俺も自分のことしか考えてなかったんだよな」

哀しみを言い訳にして、自分を取り巻くことから、目を背けていただけなのだ。自分に都合のいいことだけを見て、ひとりでなんでもできるつもりになっていた。吉原の気遣いにだって随分と助けられていたはずなのに気づかずにいた。

「で、どうすんの？　吉原のこと」

安斎は軽い調子で、話の流れをばっさり断ち切って、最初の話題に戻る。もしかしたらこの友人は聞き上手なのではなく、他人の話をまったく聞いていないのかもしれない。

「いや、それは……」

「吉原、いい奴だよ」

「わかってるよ」

吉原が僕のことを心配し、気にかけてくれていたということは、素直に受け入れられるし、吉原がいい奴なのは十分わかっている。だけれども。彼女からしたら、僕は相当、不甲斐ない人間にしか見えないわけで、どうにも受け入れがたいというか、信じがたいというか。けれど、やっぱり、ちゃんと向き合わないといけないんだろうな。

「まーなんにせよ、おまえみたいなシスコンは、好きになりたくないなぁ」

「それ関係ないだろ。それにシスコンじゃないって」

「ふーん。じゃあ、天音さんのアドレス教えて」

「は？　なんで？　絶対、嫌だ」

「ほらな。シスコン」

「それ関係ない気がするけど……」

最近では自分でも天音に甘いよな、と思うことはあるので、これ以上、反論の言葉は思い浮かばなかった。

♪

冬休み最終日、宿題が終わらない。

「おかしい」

自分としては計画的に進めていたはずなのだが、数学の問題の数が予想以上に多い。しかも間の悪いことに。

「シャープペンの芯ないし」

買ってくるか。上着を持ち、部屋を出ると、階段を上る足音が聞こえてきた。

「天音、シャープペンの芯、持ってない？」

出会い端《ばな》に尋ねると、唐突だったからか、天音はびくんと体を震わせ、手にしていた荷物を落とした。

「あ、ごめん」

僕は落ちた荷物を拾い上げる。

「ドイツ語会話中級？　清華ってドイツ語の授業もあるの？」

「え？　あ、うん……」

天音は慌てた様子で、ぱっと僕の手からドイツ語のテキストを奪い去る。

「第二外国語ってこと？　なんかいかにもお嬢様学校って感じだな」

すごいな、と感心すると天音はなんだか複雑な表情を浮かべる。

「発音とか難しそう」

「あーうん。ま、そうだね。難しいかな」

と苦笑する。

「大丈夫？」

「え？」

「ぼーっとしてるから。なんかあったの？」

僕の質問に受け答えはしてくれるものの、心ここにあらずという感じだ。

「ううん。ちょっと勉強疲れかな？」

「あーそっか。受験勉強か。そういえば、大学どうするの？　志望校決まった？」

結局、天音から卒業後の進路について、はっきりした話を聞けていなかった。

「えっ、あ、う、うん……」

と首を縦に振ってから、逡巡するように視線を宙に向ける。そして胸に抱えたドイツ語のテキストをぎゅっと握りしめると、意を決したように僕を見た。

「そのことなんだけどね、わたし、ずっと上総に言わなきゃって思ってて……」

天音の真剣な表情に押され、僕は身構えてしまう。

「あのね、わたし……」

天音は言葉を切り、不安に揺れる目を伏せる。そしてもう一度、思い切ってという
ように目を上げるが、結局、再び伏せられてしまう。

「ねぇ、上総、わたしがいなくなったら寂しい？」

「え？　何、急に。いなくなるって？」

「ううん。なんでもない。そういえば、さっき、何か言わなかった？」

「え、ああ、シャープペンの芯、持ってない？」

「持ってるけど、あ、ペンケース、練習室に置きっぱなしだ。取って来るね」

踵を返し、去って行く天音の背がなんだか少し寂しそうに見えた。


♪

一月も半ばを過ぎると、三年生である天音は学校が自由登校になったらしく、練習

室にこもっていることが多くなり、食事の時間以外に顔を合わせることは少なくなっていた。だから天音に会えるその時間をどうやら心待ちにしていたらしい、と気づいたのは、夕食の席に天音の姿がないのを認めたときだった。

「天音は？」

「今日はコンサートにお出掛けになりました。お食事も召し上がって来るそうですよ」

「ふーん、そうなんだ」

なんだか物足りない。と思ったのが滝さんに伝わったらしく、すぐに帰って参りますよ、と笑顔で言われてしまった。

「でも、お嬢様が留学されてしまったら、寂しくなってしまいますね」

滝さんはいつも天音が座っている場所を見つめてぽつりと言った。

「えっ、留学？　天音が？」

声が裏返った。

「はい。ドイツに」

「ド、ドイツって、ヨーロッパの？」

動揺するあまり、わかりきったことを訊いていた。

「はい。あら、まぁ、ご存じなかったんですか？」

　僕は首振り人形のように何度も頷いていた。

「結構、前から決まってたんだよね」

　日本の大学を受験するのとはわけが違う。留学となればもっと煩雑な手続きが必要になる。昨日今日で決めてしまえることではない。もしかしたら、父の夏の旅行先がドイツだったのも天音の留学に関係していたのかもしれない。

「一年ほど前から準備は進めてらしたようですよ。ドイツ語のお勉強もされていましたし。出発の日取りが決まったと伺ったのは、最近ですけど」

　そういえば、この間、「ドイツ語会話中級」というテキストを持っていた。学校の授業のテキストだとばかり思っていたのだが。

「クラシックはあちらが本場ですからね」

　確かにクラシック音楽の有名な作曲家のほとんどがヨーロッパの国々で生まれているし、演奏家のプロフィールにはヨーロッパ各国の音楽院で、なんとかさんに師事と書かれていることが多い。

「旦那様もお嬢様が世界で活躍することを楽しみにされていますからね」

　目指すところが高ければ高いほど、やはり土壌の深いクラシックの本場と言われるヨーロッパで学んだ方が有利なのだろう。ピアニスト、延いては世界的にも活躍できるピアニストになる。というのは父の意向だけではなく、天音の希望でもあるようだから、当然、天音も納得しての留学なのだろうが。

「もっと早く言ってくれればいいのに」

「お嬢様からお聞きになっていると思っていました」

「んーなんか訊いてもはっきり答えてくれなくて」

卒業後の進路のことになるとはぐらかされてばかりいた。結局、この間も言いかけてやめてしまったし、その後も顔を合わせたとき、何か言いたそうにしていたが、こちらから尋ねようとすると、なんでもないと首を振ってしまった。

「お嬢様も寂しいのかもしれませんね」

わたしがいなくなったら寂しい？　と問いかけたときの、どこか不安そうな天音の顔を思い出した。

「三上さんはどうするの？　天音について行くの？」

「ええ。向こうでの生活に慣れるまでは、ご一緒されるようですよ」

「じゃあ、安心……」

なんだろうな。三上さんのことだから外国へ行ってもあのそつのなさは変わらないのだろう。今まで通り、天音を支えてくれるはずだ。

本当は少し迷っているんじゃないだろうか。

けれど……。

決まってることだから、どうしようもない。以前、自分に言い聞かせるかのようにそう言っていた。

天音自身も納得していて、一年も前から準備を始め、ほとんどのことが決まっている。だから、今更、迷っているなんて言えない。今思えばそんな気持ちだったのかもしれない。

いくら自分の将来のため、そして三上さんが付き添ってくれるとは言え、見知らぬ土地での生活に不安を覚えるのは当然だ。言葉も、生活習慣も何もかもが違うのだから。今までは滝さんや三上さんに任せきりだったことも、天音自身がやらなければならなくなる。

ピアノのために留学したいという気持ちはあっても、生活面に対する不安が天音の迷いを生じさせているのかもしれない。そんなときこそ、相談して欲しいと思うのだけれど。

「ドイツか。遠いな……」

滝さんが帰ってしまった後、改めていつも天音が座っている場所を見やり、息をついた。これが日常になってしまったら、やっぱり寂しいのだろうな、と。

♪


すれ違いの生活が続き、天音の口から留学のことを聞きたいと思い続けて一週間が過ぎた。

三上さんを捕まえて、留学の詳細を聞くことはできたけれど、本人の口からはまだ告げられていない。それを三上さんも驚いていた。

今日こそは無理にでも天音を捕まえて話をしようと、練習を終えて、部屋に戻って来た彼女に声をかけた。

天音は僕を見て微かに眉をひそめた。その仕草に少し怯《ひる》んだが、思い切って質問をぶつけた。

「天音、高校卒業したらドイツに留学するんだって？」

「え、あ……うん。聞いたんだ……」

「滝さんが教えてくれた」

「そう……」

という天音の態度は妙に素っ気ない。

「もっと早く話して欲しかったかな」

「うん。ごめん」

「いや、謝ることじゃないけど。やっぱり日本とドイツの学校じゃ、レベルっていうか、そういうの違うの？」

「どうかな。日本の学校が悪いってわけじゃないけど、環境は向こうの方が整ってるんじゃないかな。歴史のある有名な学校もいっぱいあるしね。それで人が集まって来るから、レベルも自然と高くなるんじゃないかな」

天音はどこか他人事のような口調で言って退け、僕が口を挟む隙を与えないように、

「もう、いい？　出発の日取りとかは、後でちゃんと教えるから」

と部屋に入って行こうとする。僕は天音の腕を摑んで引き止めた。

「話ぐらい聞くって言っただろ」

天音は僕を恨めしそうに見て、何も言うまいとするように唇をきつく嚙み締めた。

「天音」

「だって……話したってどうにもならないことだから……」

「そうかもしれないけど、迷ってるんだろ？　違うの？」

僕の言葉に天音は仕方なくといった調子に口を開いた。

「何年も前から決まってたことなの。留学するって。そのためにいろいろ準備もしてきたし、手続きももう済んでる。住むところも手配してあるし。父が言い出したことだけど、わたしも納得して決めたことだから、全然、留学したくないなんて思ってないんだよ」

自分に言い聞かせるように、淡々と言葉を積み上げていく。何度もそうやって自分を納得させてきたのだろう。

「だけどね……」

不意に向けられた視線に息が詰まった。強い意志を宿しながら、弱さを隠しきれないような瞳。その瞳に映っている僕の姿が滲むのを見てはっとする。

「……不安なの……」

天音は微かに滲んだ涙を隠すように目を伏せる。

「今までこんなことなかったのに。迷ったり、不安になったり、寂しくなったり。全然、こんなことなかったのに」

天音は悔しそうに唇を軽く噛み締めた。

「今まで平気だったことが平気じゃなくなって……怖いの……」

きっとずっと胸の内に抱え込んできた不安が溢れてきたことに、戸惑っているのだろう。感情を隠すことで平気でいられた。強くいられた。そんな自分が弱くなってしまったように思え、怯えているのだろう。

それは僕も同じだった。この家に来てから、平気な振りが下手になった。この家に残る母の姿が、ピアノを通し見えてくる母の姿がそうさせているのだと思っていたけれど、それだけではなかった。

滝さんの優しさに触れ、三上さんの気遣いに触れ、天音の真っすぐな思いに触れ、父の不器用だけれども、おそらく温かい思いに触れて、そしてずっと周囲の人に支えられていたのだと気づき、頑なだった心は紐解《ひもと》かれていった。平気な振りをしなくても、自分の気持ちを受け止めてくれる人がいるのだと知ったから、素直になれた。

強がらなくてもいいのだと気づいてから、感情の揺れ幅は以前より大きくなった。哀しかったり、寂しかったり。それは時折、僕を戸惑わせもするし、弱さをさらけ出しているような気がして、落ち着かない気持ちにもなる。

けれど、感情を隠すことができなくなったからといって、決してただ弱くなったわけではないのだ。目を背けていた感情と向き合うことは、これまでとは違う強さに繋がるはずだ。

それに迷っても、不安になっても、寂しくなっても、支えてくれる人はいるから。

天音になんと言葉をかけようか、考えを巡らしながら、彼女を見ると、

「上総のせいだからね」

じっとりとした恨めしそうな視線を向けられた。

「上総がこの家に来てから、こんな風になったんだから。責任とってよ」

「え、責任って……」

天音は大きく息を吸い込み、言葉と共に吐き出した。

「ピアノなんて、どこにいたって弾けるでしょう。音楽だって、どこにいたって聴こえる。でも、上総はここにしかいない。ドイツに上総はいないんだよ」

言い切った途端、涙がすーっと目尻から零れ落ちた。それを隠すようにうつむいた天音は僕との距離を縮め、僕の胸に額を押し付けてきた。突然のことに鼓動が大きく鳴った。

「上総も一緒に来てよ。ドイツ」

くぐもった声が胸を震わせる。

「来てって……三上さんも一緒に行ってくれるんだろ。三カ国語、話せるってすごい

よな。俺なんかよりずっと頼りになるよ」

高鳴る鼓動をなんとか抑えようと、冷静に言葉を選ぶ。

すると、天音は顔をぱっと上げ、

「当たり前でしょう。そんなことわかってる」

とにべもなく言い放つ。

「じゃあ……」

「でも、上総がいいの」

と拗ねた子供のように唇を突き出した。

「愚痴だってなんだって聞いてくれるって言ったでしょう。上総がいなかったら、誰に話したらいいの？　わたしは誰と一緒にご飯を食べたらいいの？」

訴えかけるように向けられた視線に胸を突かれた。

天音の日常だったひとりきりの食卓を寂しいと感じた。それは僕の勝手な感傷だと思ったけれど、違っていたのだ。

「上総が傍にいなくなったら……わたし、また……」

天音は続く言葉を呑み込み、うつむいた。

ひとりになる。

父の忙しさは誰よりも理解しているし、愛情を傾けてくれていることもわかっている。だから寂しいとは思わなかった。けれど、僕がこの家に来て、天音の日常が変化したことで、ひた隠しにしていた感情が生まれてしまった。

寂しいと気づいてしまった。

一度覚えた感情を再び心の奥にしまいこむのは難しい。

気づけばぼろぼろと本音が零れ落ちる。

「俺だって一緒に行けるんだったら行きたいよ。天音がいなくなったら、俺だって寂しいし、天音がまた無理して倒れても、すぐには駆けつけられない」

それを思うと心配で胸がひりひりする。いっそ引き止めてしまいたくなる。

「だけど、天音の夢だろ」

僕の言葉に、天音ははっとしたように顔を上げる。

「俺、正直言うと、ピアノ、嫌いだった」

それを口にするのは少し勇気がいった。天音の大切なものを否定する言葉だ。嫌いと言われて気分がいいわけもない。けれど、僕の本音を知って欲しかった。

「母さんがピアノに夢中になると、俺の話なんて聞いてなくて、こっちが心配しても、体壊すまで練習するし。いつも苦しそうで、辛そうで、なんか見てられなかった。楽しいことなんてひとつもなさそうなのに、どうしてピアノなんか弾いてるんだろうって」

演奏家である母のことがわからなかったし、わからなくてもいいと思っていた。

「でもこの家に暮らすようになって、知りたいなって思うようになった。苦しいとか、辛いとか、そういうことだけじゃなかったんだろうなって」

喜びも、楽しみもあった。そして、きっと母の根底にあったのは、天音を動かすものと同じものだ。

「きっとすごく好きだったんだろうなって」

そう、好きだから。辛くても、苦しくても、

「天音、ピアノ、好きだろう」

それが何よりも彼女をピアノに向かわせる原動力になっている。

天音は僕の言葉に泣き笑いのような表情を浮かべ、小さく頷く。

「俺も、今はまだ好きとは言えないけど、天音のこと見てたら、もっと知りたいし、いつかは好きになりたいって思った」

天音の愛おしそうにピアノに注がれる眼差しやピアノに向かう真摯で、ひた向きな姿勢に触れて、少しずつきちんと向き合おうと思えた。

「行きなよ。ドイツ。大丈夫だよ。天音なら」

天音は自分で言っているから気づいてないのだろうけれど、彼女の頭の中には自分が日本に留まるという選択肢はないのだ。去って行くのは天音の方で、置いて行かれるのは僕の方なのだ。

そう、いつも通りの天音だ。不安はあっても、やはり決心は揺るがない。人よりピアノが大事だと言い切ったのは天音だ。その比重が僅かでも僕に傾いてくれたことは嬉しいけれど、ピアノを取る方が天音らしい。そして、どうしてもどちらかひとつになってしまう彼女の不器用さが愛おしい。

「それにどこにいたって、俺は天音のこと」

大切に想ってる。とはさすがに恥ずかしくて言えなかった。

「応援してるから。愚痴だってさ、電話とか、メールとかあるんだし。だいたい今の話、三上さんが聞いたらしばらくショックで寝込むぞ」

冗談めかして言ったら、ショックで寝込む三上さんの図を想像したのか、天音は破顔し、声を上げて笑い出した。僕もそれにつられて笑った。

♪


「ドイツか。遠いな」

　机に広げた世界地図の上に、突っ伏した。

「シスコン」

　無遠慮に頭上に落とされた言葉に、僕は反論できず、言葉を詰まらせた。

「なんだ。否定しないのかよ。張り合いないな」

「いや、シスコンじゃないけど……」

　それに近い状況ではある。天音にああ言ってしまった手前もあって、天音の留学を後押しするような役割を担ってしまっているけれど、実は後から不安がふつふつ湧いてきて、あれこれ口やかましい心配性の父親のようになりかけているのは否定できない事実だ。

「で、ドイツがどうしたって？」

「天音が留学するんだって。ドイツに」

「ふーん。寂しいとか？」

安斎は眼鏡の奥の目を細め、からかうように笑った。

「……悪かったな。シスコンで」

僕が居直ると、安斎はますます面白そうに笑みを深めた。

「なぁ、吉原、慰めてやってよ。こいつのこと」

安斎が近くを通りかかった吉原に声をかける。

「え？　どうして？」

急に声をかけられ、吉原はきょとんとした顔で僕と安斎を見比べる。

「天音さんがドイツに留学するんだって。だから寂しがってるんだ」

「ふーん」

吉原は何故かひどく醒めた目で僕を見る。何か怒らせるようなことをしただろうか
と狼狽えると、吉原はふっと唇を緩めて笑う。

「よし。チャンスだ」

「え？」

「なんてね、冗談」

と肩をすくめて立ち去る吉原を僕はわけがわからないまま、茫然と見送る。すると
安斎がたまらずといった感じに笑い出す。

「何がおかしいんだよ」

「いや、微笑ましいなと思って」

からかわれているのはわかったが、一体、何が微笑ましいのかまったくわからない。

「でもさ、天音さんが留学するってことは、おまえ、親父さんと二人暮らしになるんだ」

「え、ああ……」

それは気づいていないわけではなかったけれど、敢えて指摘して欲しくないところだった。

「そこはまだ克服できない壁なわけだ」

「壁っていうか……」

父の人となりはなんとなくだがわかってきた。感情が表に出ないので、わかりにくいところもあるけれど、悪い人ではないのだ。しかし何分、食事時に半強制的に顔を合わせなければならない天音とは違い、接する機会が極端に少ない。だから、父との関係はぎこちないままだ。今は三上さんが連絡係を務めてくれているけれど、天音の留学に伴い、彼がいなくなってしまったら、おそらく父と直接やり取りすることが増えるのだろう。と考えると少し気が重い。

「ま、親睦を深めるいい機会なんじゃないの。案外、似た者同士っぽいし」

「似た者同士って、どこが？」

眉をひそめつつ、首を傾げると、安斎は含み笑うだけだった。


♪


三月下旬、出発の日。

ドイツへ向かう天音と三上さん、そして、見送りの僕は、友部さんの運転する車で空港へ向かった。父は抜けられない仕事があるので見送りには来ないということだった。

仕事を優先するという事実だけ耳にしてしまうと、外国へ旅立つ娘の見送りにも来ないなんて、冷たい父親だなという感じがしてしまうのだけれど、天音が倒れた一件から僕の父に対する見解というのは変わっていた。

父は本当に天音のことを大事にしている。演奏家としてのその才能に期待しているだけではなくて、娘として大切に思っているし、その成長を心から楽しみにしている。

だから父が見送りに来ないのは、案外、旅立つ天音を目の前にして、みっともなく泣いてしまうかもしれないからなのではないかと、密《ひそ》かに思っていた。

「酔い止めの薬、飲まれましたか？」

「まだだけど。それぐらい言われなくても……」

天音は不満顔になりながらも、三上さんに言われたことを実行しようと、バッグの中を探った。そしてポーチの中から出てきた箱を見て、眉をひそめた。手元を覗き込んでみると、箱には頭痛薬と表記されている。

「……トランクの中かも……」

華奢な体型の天音なら入り込めそうなほど大きなトランクはすでに預けてしまっている。

おずおずと三上さんに視線を送る天音に対し、彼は、そうだと思いましたと言うような笑みを浮かべ、酔い止めの薬箱を差し出した。天音のことならなんでもお見通しという感じだ。

「水、お持ちしましょうか？」

「いい。自分で行ってくる」

天音はふいっと踵を返し、売店のある方へ向かって行った。

「出発前からこの調子で大丈夫なんですかね？」

一抹の不安がふと過る。

留学先では今までのように三上さんにすべてを任せるというわけにはいかないのだ。彼は彼で他にやることがある。またピアノを習い始めるそうなのだ。今度は演奏家になるためではなく、指導者になるために。だから天音は滝さんに家事を習ったり、下調べをしたり、いろいろ準備はしていたようだった。けれど、やはり不安要素の方が多い。

「大丈夫ですよ。おひとりになると案外しっかりしてるんです。誰かがいると安心するからでしょう」

「だといいですけど。まぁ、三上さんがいないわけじゃないですからね」

「ええ。私が責任を持って天音さんをお守り致しますので、ご安心ください」

三上さんは臆面もなく王族の姫に仕える騎士のような台詞を吐いた。しかもそんな甘い台詞が似合ってしまうから困る。聞いている僕の方がこそばゆい気分になってしまう。

そんな甘い台詞を吐いた表情のまま、

「上総さん、お父様のこと、今でも許せませんか？」

と唐突に向けられた質問に僕は思い切り狼狽してしまう。

「え？　なんですか？　急に」

「ずっと訊いてみたいと思っていたんです。本当のお気持ちを」

「本当の気持ちって……べつに、俺、あの人のこと恨んでるとかそういうこと、全然ないですから」

父が母の死によって深い哀しみを負ったこともわかったし、決していがみ合って別れたわけではないことも、別れて以降も母のことを想っていたのだということもわかった。僕を引き取ったこともおそらくただ義務的に父親としての権限を振りかざしたわけではないのだろう。だから気まずさはあっても、恨めしいという感情はないわけで……。

「それならいいんです」

三上さんはにこやかに微笑みながら、見透かすような視線を向けてくる。

本当に侮れない人だと思う。知り合ってから一年以上が経つけれど、知れば知るほど謎が深まっていく人だ。

「恨んではいないんですよ。本当に。ただ……」

天音は父のもとを去った母の気持ちがわかると言っていたけれど、音楽家ではない僕にはやはり釈然としないところがあった。本当に父が母を想う気持ちがあったのなら、四人でまた一緒に暮らしたいという想いを持っていたのなら……。

「もっと強く引き止めるとか、しつこいぐらいに復縁迫るとかしてくれたら、母さんも……」

折れたかもしれない。ピアニストとしての自分よりも、父を想う気持ちを優先させられたのではないかと思うのだ。そうしたらもっと母は笑顔でいられたのかもしれない。もちろん考えても詮無い「もしも」ではあるとわかってはいるのだけれど。

「実は一度だけ、お母様とお話をしたことがあるんです」

「え？　ああ、演奏してるとこ、見たことあるって言ってましたね」

あのときは何故か曖昧に言葉を濁してしまっていたけれど。

「ええ、その際に少しお話を致しました」

「そうですか……」

「ボランティアで演奏活動をされていると聞き、伺ったんです。あれは児童養護施設だったですかね。少しでも子供たちの興味を引くようなプログラムを組んで、気を配ってはおられましたが、やはり時間が経つとじっとしていられない子が多くなって、最後は大騒ぎでした」

　母は自分の演奏については何も語らなかったけれど、時々、演奏会の様子については話してくれることがあった。大盛り上がりだったと。ピアノの演奏会でその表現はどうかと思っていたのだけれど、つまり大騒ぎで、演奏どころではなかったということだったのだ。

「プロで活躍されていた方がこんなところで、と当時は思いました。私には技術的にもそれほど衰えがあるようには思えませんでしたし。ですから伺ったんです。不満はないのかと」

　思うような練習もできず、思うように聴かせることもできない。かつて、とはいえ、プロだった母がその環境を不満に思わないわけがない。続く三上さんの言葉を想像して、僕は少し身構えた。すると三上さんは僕の考えを見透かしたかのように首を横に振った。

「不満はないと、笑っていらっしゃいました。自分がいかに狭い世界で生きていたのか思い知ったと。じっと座って演奏を聴いてくれる人たちだけが、聴衆ではないのだと知れてよかったと。今も楽しいと仰っていましたよ」

　思わぬ言葉に目を瞠《みは》る。

「お父様や天音さんと離れ離れに暮らしていることは寂しいけれど、幸せだと」

幸せだったと思う。不満はあったかもしれないが、不幸ではなかったのだと。けれど、いつもその思いには微かな不安がつきまとった。母の寂しげな背中を思い浮かべるたびに、僕の願望にすぎないのではないかと思った。あの家に暮らすようになってから、その思いは強くなっていった。けれど、最近では少しずつ僕の知らなかった母のことを知り、きっと幸せだったのだろうと思うことの方が多くなってきていた。それでも、ふと湧き上がる疑問を抑えることはできなかった。

もう尋ねることはできないのだ。

母の本当の気持ちを知ることはもうできないのだ。

そう思っていたけれど……。

「上総さん、あなたがいるから、今も変わらず、幸せだと伝えて欲しいと仰っていました」

やばい。と思ったときにはもう頬を伝って流れ落ちるものを感じた。

哀しくもないのに涙が溢れる。辛くもないのに胸が苦しくなる。

涙でかすんだ視界の先にあった三上さんの足が不意に方向を変え、去って行くのと同時に天音の手が僕の背中にそっと添えられた。

その優しい温《ぬく》もりに包まれながら、僕は静かに涙を流した。

「あれ、友部さんと三上さんは？」

手洗いに行って戻ると、二人の姿はなく、天音だけが長椅子に座っていた。

「あそこ。仕事の引き継ぎしてるみたい」

天音の指差す方向には二人がいて、三上さんがモバイルタイプのパソコン端末を見ながら、何やら友部さんに指示を出しているようだ。

「前から気になってたんだけどさ、天音はどうして友部さんのこと嫌いなの？」

留学の日取りが決まって以降、三上さんは仕事の引き継ぎや自身の渡航準備で森川家に顔を見せることが少なくなり、代わりに友部さんが天音の留学準備を手伝うようになった。

三上さんの忙しさを知っているからか、以前のように友部さんでは嫌だという態度をはっきりと示すことはなかったが、いつもどことなく不満げな様子だった。

「……嫌いではないよ。ただなんか……」

上手く言葉では表現できないのか、天音は唇を歪め、目を伏せた。

「友部さんは三上くんのことが好きなの」

それはなんとなく本日の友部さんの落ち着かない様子を見ていたらわかった。仕事関連の話題のときはきっちり目を見て、はっきり会話をしているのに、ひとたび、仕事を離れた内容になると、目は泳ぎ、しどろもどろになるというわかりやすさだ。

「三上くんがどう思ってるかはわからないけど……」

確かにまったくわからない。けれど、それと友部さんを嫌いなこととどんな繋がりがあるのだろうか。

「ん？　もしも二人が付き合ったりしたら、嫌だなとか、そういう感じで？」

つまり嫉妬？　天音は目を逸らしたまま、答えない。僕はじっとその横顔を見据える。

「だ、だから友部さんが嫌いとかそういうんじゃないの。友部さんはいい人だと思うし、三上くんが友部さんのこと好きだとしても、べつにいいと思うし……」

「いいんだ？」

「う……ちょっと嫌だなーってぐらいの気持ちはあるけど……」

父を取られたくなかったと、天音は言っていた。その言葉から察するに、信頼を置いた相手に対する天音の独占欲は意外に強い。本当はちょっとどころか、すごく嫌なのかもしれない。

「だけど、三上くんの私生活まで干渉できないもん」

天音は少し拗ねたように唇を引き結んだ。

三上さんを個人として縛り付けたくはないけれど、独占したい気持ちは隠しきれない。だからせめて仕事のときは自分を優先して欲しくて、時折、困らせるようなことをしてしまうのだろう。

話を終えた二人がこちらに向かって来るのを見ると、天音は唐突に立ち上がり、僕の手を取った。三上さんに対する独占欲を白状してしまい、恥ずかしくなったのか、顔がほんのり赤い。

「あ、時間までには戻って来てくださいね」

という友部さんの声を背後に受けながら、天音に手を引かれるまま、歩き出す。

「いいの？　二人きりにして」

「い、いいの」

まぁ、三上さんの最優先事項は天音のことで、仕事であれ、私生活であれ、他に目を向けることなんてなさそうだから、天音の心配は不要だと思うけれど。

混雑するロビーを抜け、あまり人気のない場所を探して腰を据えた。

交わすのは普段と変わらない他愛ない会話。ここが空港で、天音がもうすぐ遠い異国へ旅立ってしまうことが嘘のように、穏やかに時間が流れていく。それでもいつもと違うのは、天音がやけに明るくて、普段より饒舌《じょうぜつ》なことだ。朝から少し無理にはしゃいでいるように見える。

二度と会えないわけではないとわかっていても、一度知った温もりを手放してしまうのはやはり少し寂しい。もちろん新天地での不安もあるのだろう。それを表に出さないように明るく振る舞う天音の姿に少し胸が詰まる。頑固な天音はやはりなかなか弱さを見せてはくれないようだ。

「天音」

「ん？」

「深呼吸」

と言われて、深呼吸をした天音は少し落ち着いたようで、強張っていた頬を緩めた。

「大丈夫だよ」

「うん。だよね。酔い止め飲んだし」

「ん？　そこ？」

飛行機酔いが不安の原因？

「そうだよ。なんだと思ったの？」

天音の目には微かにからかいの色が浮かぶ。

「いや……あーあ、どうせ心配性だよ」

もう開き直るしかない。

「ごめん。冗談。ありがと、心配してくれて」

こう素直に感謝されてしまうのもなんだか照れくさくて困る。

「そろそろ戻ろっか」

時計を見て天音は立ち上がる。

「ああ……そうだ。これ」

「何？」

天音は怪訝そうに差し出された封筒を受け取り、中を開いてみる。

「この写真って、演奏会のときの……」

「そう。安斎が無理矢理、撮ったやつ」

清華の演奏会の日、どうしても天音に会わせろとしつこい（シスコンと言ってしつこい）安斎に根負けし、演奏会終了後、天音が出てくるのをコンサートホールの外で待っていた。

花束を抱え、ほっとしたような表情を浮かべ、エントランスから出てくる生徒たちの中に天音の姿もあった。そして僕に気づき、小走りで近づいてきた彼女の背後には父の姿があった。

来賓として招かれて、父が来ていることは知っていたけれど、顔を合わせるのは予定外のことで、ましてや公衆の面前で会うことだけは避けたかった。そんな僕の思いを知ってか知らずでか、父は少し離れたところで立ち止まり、電話をかけ始めた。

人見知りしそうだな、と思っていた天音は案の定、僕の隣にいた安斎を見るなり、表情を少し硬くした。そして、あれほど会わせろとしつこかった安斎が天音を前にするとやけにおとなしかったことについては、後でたっぷりとからかってやったが、それはさておき。

安斎は一通りの挨拶と演奏会の感想を述べると、何を思ったか、おもむろにカメラを取り出し、記念写真を撮ろうと言い出したのだ。出演者である天音一人の写真だと思い、好きにさせてやろうとしたのだが。あろうことか、電話をかけ終わり、少し手持ち無沙汰な様子で離れたところに立っていた父を呼び、「並んでください。三人で」

と事も無げに言い放ったのだ。

何を言うのだと僕は当然、目を剝《む》いた。父もあっけにとられていたようだった。どうしたものかと固まる僕と父を天音が促した。

「せっかくだから撮ってもらおう」

そうして、天音を間に挟み並んで写真を撮った。

後日、安斎から受け取った写真には、この上もなくぎこちない三人の姿が写っていた。表情も、立ち位置も。けれどこれが今の僕らの家族の肖像なのだと思う。

いつかまた撮ってみたいと思う。そのときはどんな場所で、どんな表情で写っているのか。少し楽しみになった。

「これ、どうして……」

もう一枚の写真を見て、天音は目を丸くする。

「焼き増ししたんだ。滝さんに探してもらったら、ちゃんとフィルムもとってあったから」

滝さんに探してもらうと、写真はすぐに見つかった。アルバムに綺麗に整理されていた。フィルムも劣化しないように保管されていて、スーパー家政婦の整理整頓力を甘く見てはいけないとつくづく思った。

父は写真に写りたがらない人らしく、その数は極端に少なく、四人で写っているものは父が持っていたものと同じ一枚しかなかった。

「あの写真は返しておいたよ」

くしゃくしゃになった写真を差し出すと、父はなんとも言い難い表情をしたが、礼だけを言って受け取った。新しい家族の肖像と共に。

「そう……もうすぐ一年になるんだね」

天音は写真を見つめながら、感慨深げに呟いた。

「え？　ああ、そうだな」

親子三人の緊張というか、緊迫した会食から一年が過ぎようとしている。今考えると滑稽なほど緊張していた。先が見えず、不安でいっぱいだった。そのくせ、それを隠そうと目一杯、虚勢を張っていた。

住む環境が変わり、関わる人が変わり、戸惑うことも、不安なことも多くて、あの家で、天音や父と暮らしていくことに、いつか音を上げてしまうのではないかと思っていたけれど、それは杞憂《きゆう》に終わった。

「ねぇ、わたしが上総に最初に言ったこと覚えてる？」

「うーん、ずーっと機嫌悪そうだったのに、デザートが出て来たときだけ機嫌良くなったことは覚えてるけど」

と言うと睨まれた。事実なんだけどな。

「ちゃんと覚えてるよ」

弟なんて思ってない。もちろん僕も姉だなんて思っていなかった。

「不思議だね。あのときは本当に他人にしか思えなかったのに」

他人にしか思えなくて。けれど、他人ではなくて。

「今も弟って感じはやっぱりしないけど」

天音の視線が真っすぐ僕に向かって注がれる。

「家族なんだなって。上総と家族でよかったなって思うよ」

離れていた時間が簡単に埋まるはずはないと思っていた。

家族なんて認めない。と思っていた。

けれど、いつの間にか天音の存在は僕の生活の中に溶け込んでいた。

それはどこか不安そうで、頼りない瞳をした天音の中に、自分の中にあったものと同じものを見たからだったのだろう。

「俺、ずっとひとりで生きていかなきゃなんないのかなって思ってた」

母がもういないと気づいたあの日から。

もちろん傍には叔父がいて、他にも周りには僕のことを大切に想ってくれる人たちがいるのはわかっていた。

それでも心の奥にぽかんと穴が開いているような、何か満たされない隙間があった。漠然とした不安のようなものがずっと胸の奥にわだかまっていた。哀しくて、寂しかった。けれど、それを受け止めてくれる人はいないと思っていたからひた隠しにしてきた。

「だけど、これまでもひとりじゃなかったし、これからもひとりじゃないんだなって。あの家に暮らすようになってから、そう思えた」

哀しみに目を曇らせて、心の中で求めるばかりで、気づこうとしていなかったけれど、天音が受け止めてくれた僕の心は、きっといろんな人が受け止めて、支えていてくれたのだと。

そして。

「俺も天音と家族でよかったなって思うよ」

支えてくれる人がいる。そして支えたいと思う人がいる。

そんな繋がりをずっと求めていた。

「だから、もうひとりで悩むなよ。いつだって、どこにいたって、俺は天音の味方だから」

たとえ遠く離れていても。

これからもずっと。いつまでも。

だから僕はこう言って見送ろうと思う。

「行ってらっしゃい」

「うん。行ってきます」

朝、ピアノの音で目を覚ました。

海の底に深く沈み込むような重厚な音色。

まどろみの中でしばらく耳を傾けていると、とぎれとぎれだった音が次第に曲として形作られていった。

その曲を聴きながら、ああ、そうだ、と思った。

今日は母の命日だ。

耳に届くその曲は……。


亡き王女のためのパヴァーヌ。


深く息をして、はっきりと決意した。

父と話をしよう。

話したいことも、訊きたいこともたくさんある。

僕のこと、天音のこと、父のこと、そして、母のこと……。

窓の外を見ると、綻び始めたばかりの桜の蕾が春先の優しい雨にしっとりと濡れていた。

あとがき

このたびは拙著『天上の音楽』をお手に取っていただき、ありがとうございます。

初めまして、木崎咲季《きさきさき》と申します。


あるとき、とてもシンプルな話を書きたいと思い立ちました。

なんとなく家族ものがいいな、と思いつつ、登場人物の名前を決めようとしたところ、ふと『あまね』という名前を思いつきました。そして漢字に変換し、表示されたのが『天音』でした。

そんな小さなきっかけから、生まれたお話です。大事件も、謎もありませんが、楽しんでいただけたら幸いです。


本作は電撃小説大賞に応募し、あえなく落選とはなりましたが、お声をかけていただき、改稿を重ね、出版する運びとなりました。このような幸運に恵まれたことを、とても嬉しく思っております。

謝辞を最後に。

拙い作品を見出し、出版に至るまで尽力してくださった担当様を始め、イラストを描いてくださったザッカ様、その他、この本に携わってくださったすべての皆様に深く感謝申し上げます。

そして、この本を手に取ってくださった皆様、本当にありがとうございます。

それでは、また他の作品でお目にかかれることを願っております。

木崎　咲季

木崎咲季――著作リスト

天上の音楽（メディアワークス文庫）

◇◇メディアワークス文庫

天上《てんじょう》の音楽《おんがく》

木崎咲季《きさきさき》

発行　2013年3月23日　初版発行

発行者　塚田正晃
発行所　株式会社アスキー・メディアワークス
〒102-8584　東京都千代田区富士見1-8-19
電話03-5216-8399（編集）
発売元　株式会社角川グループパブリッシング
〒102-8177　東京都千代田区富士見2-13-3
電話03-3238-8605（営業）
装丁者　渡辺宏一（有限会社ニイナナニイゴオ）
印刷・製本　旭印刷株式会社

ISBN978-4-04-891576-2 C0193

メディアワークス文庫　http://mwbunko.com/
アスキー・メディアワークス　http://asciimw.jp/

本書に対するご意見、ご感想をお寄せください。

あて先
〒102-8584　東京都千代田区富士見1-8-19　株式会社アスキー・メディアワークス
メディアワークス文庫編集部
「木崎咲季先生」係

メディアワークス文庫

魔法使いのハーブティー

Herb tea of magician

有間カオル

横浜にある可愛いカフェの店主は、のんきな魔法使い!?
彼の淹れたハーブティーを飲めば、誰もが幸せに——

両親を亡くし、親戚中を
たらいまわしにされる少女、勇希。
今回身を寄せるのは、
横浜に住む伯父の家。
しかし伯父から言われたのは
「魔法の修行に励むように」……!?
ハーブティーをめぐる、
ほっこり心温まるストーリー。

発行●アスキー・メディアワークス　あ-2-5　ISBN978-4-04-891558-8

メディアワークス文庫

TOKYO GIRL'S LIFE
～絶対に失恋しない唯一の方法～

絶対に失恋しない方法、
それは――。

仕事ばかりで恋もしていない編集者・遙希。恋愛体質の腰掛けOL・舞衣。夢を捨てきれずバイト生活の佳奈子。タイプの違う3人の女の子たちが東京の片隅のバーで出会う。彼女たちに芽生えるのは友情？　それとも――。3人の出会いを描くシリーズ第1弾！

恋に仕事に夢に――。
悩める女の子たち応援ストーリー!!

菱田愛日　イラスト／上条衿

TOKYO GIRL'S LIFE II
～絶対に後悔しない夢の諦めかた～

女の友情って、
みんなが言うほど悪くない!?

恋を忘れた仕事人間の遙希。恋愛主義の腰掛けOL舞衣。音楽の夢を追うフリーター佳奈子。奇妙な友情が深まりつつある中、佳奈子が夢を掴むチャンスを手にする。しかしこれが、3人の友情を揺るがす事態に発展して――!?
3人のその後を追った続編！

発行●アスキー・メディアワークス
ひ-1-4 ISBN978-4-04-886882-2
ひ-1-5 ISBN978-4-04-891475-8

保育士の陽子《ようこ》は、旅人《たびと》と灯衣《てい》親子の世話を焼くため、相変わらず「探し物探偵事務所」に通う日々を送っている。
ある日、陽子は大学時代の友人・牟加田の地元に出かけることになる。旅の最中、陽子は牟加田から恋人を演じてほしいと頼まれる。その頃、旅人は熱で寝込んでいて――?
匂い、味、感触、温度、重さ、痛み。これら目に見えないモノを視る力を持った探偵・日暮旅人の『愛』を探す物語、セカンドシーズン開幕!

発行●アスキー・メディアワークス　や-1-5　ISBN978-4-04-886926-3

メディアワークス文庫

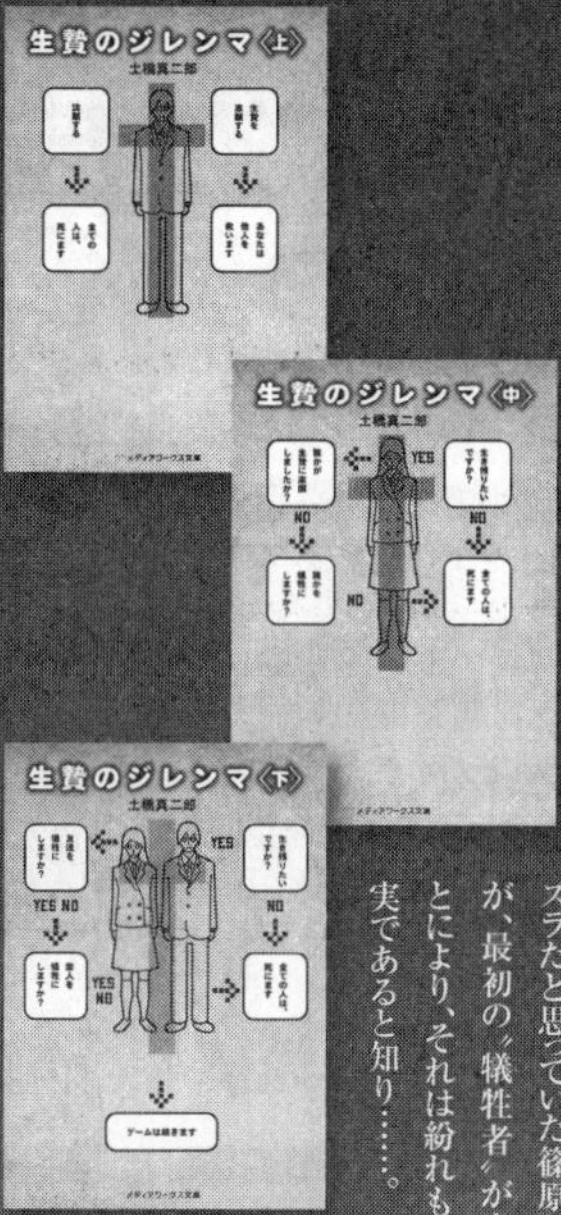

今から三時間後に
あなたたちは全員死にます。
ただし生き残る方法もあります、
それは生贄を捧げることです。

卒業を間近に控えた篠原純一が登校してみると、何故か校庭には底の見えない巨大な〝穴〟が設置され、教室には登校拒否だった生徒を含むクラスメイト全員が揃っていた。

やがて正午になると同時に何者かから不可解なメッセージが告げられる。最初はイタズラだと思っていた篠原たちだが、最初の〝犠牲者〟が出たことにより、それは紛れもない事実であると知り……。

誰かを助けるために貴方は死ねますか――？
『殺戮ゲームの館』の土橋真二郎が贈る衝撃作!

生贄のジレンマ〈上〉〈中〉〈下〉

著●土橋真二郎

定価:599～620円
※定価は税込(5%)です。

発行●アスキー・メディアワークス
と-1-3　ISBN978-4-04-868932-8
と-1-4　ISBN978-4-04-868933-5
と-1-5　ISBN978-4-04-868934-2